奇諾の旅XI

——the Beautiful World——

時雨沢 惠一

KEIICHI SIGSAWA

插畫●黑星紅白

ILLUSTRATION KOUHAKU KUROBOSHI

他們看到的國內到處都是熊熊燃燒的火焰，許多房舍都著了火，隨風飄來淡淡的煙霧，甚至還聽得到人的慘叫聲。

奇諾透過望遠鏡清楚看到人們互相殘殺的景象。在這狹小的國家裡，有許多人彼此毆打砍殺，或者開槍射殺別人。這幅互相殘殺的景象就在光天化日之下進行著。

正當奇諾與漢密斯喝茶小憩時，突然有什麼從他們頭頂通過。

那是磁浮艇（註：『磁浮交通工具』，指的是磁浮車輛）集團。寂靜無聲的磁浮艇集團朝著國家飛去，而其中一台則降落在奇諾他們旁邊。

從裡面走下來的是一名中年女子，她帶著年輕的隨員，身上穿著氣派的軍裝，由佩帶的階級章看得出地位應該不低。

「嗨，旅行者與摩托車。你們來這裡是為了入境那個國家對吧？真是太不幸了。」

奇諾向那位跟自己親切說話的女軍官打招呼，然後詢問究竟發生了什麼事情。

「那個國家啊，原本是由三支不同的民族所組成的國家喲。雖然長久以來都相安無事，但最近關係卻突然惡化。好像是因為有人說出『我們才是最優秀的』這種話。」

「結果就造成三族混戰？」

「是的，只因為血統不同，就讓鄰居或朋友展開一連串的殺戮行為。現在根本已經到了無可救藥的地步。」

軍官聳著肩回答漢密斯，然後又說自己就是為了徹底解決接下來的問題，才從鄰國過來的。

「要怎麼解決？」

「你們看就知道了。」

接著軍官把手輕輕往前揮。

磁浮艇隊伍立刻一湧而上，來到奇諾與漢密斯俯瞰的前方。

接著就看到許多炸彈落下，有如大量的炸彈雨從天而降。

那低沉的爆炸聲連山上都聽得見，整個國家籠罩在一片黑色的煙霧裡。

就這樣，所有轟炸行動在白天的時候就落幕了。當煙霧散去之後，那個國家已經看不到任何移動的人影，也聽不到任何悲鳴、喊叫及笑聲。

把所有人都殲滅的磁浮艇在空中列隊準備回國，不過有幾台磁浮艇卻在那國家的上空「啪啦啪啦」地散播著微小的物體。

「那是什麼？」

「那些是花的種子喲！」

軍官回答漢密斯說道。

「那是各式各樣花的種子。因為氣象預報明天起會開始下雨，只要它們得到充分的營養，到了夏天，這綠意盎然的森林裡就會長出一片圓形的花圃——屆時想必會很美麗呢！」

當所有磁浮艇離開後，奇諾跨上漢密斯繼續前進。

他們通過那個國家的遺跡旁邊，隨即不見蹤影。接著逆風的上空不斷有烏雲出現。

時序來到春去夏至，接近夏末的時節。

「好美的地方哦！」

「的確是很美麗呢，西茲少爺、蒂。」

「嗯。」

有其他旅行者來到那裡。開著越野車的兩人一狗，俯瞰著顏色鮮艷的圓形花圃，被眼前的光景感動萬分。

「好棒哦，能夠看到這麼美的景色，看來即使是四處飄蕩的旅行生活也不賴呢……」

然後男旅行者喃喃地說：「究竟是什麼樣的人創造出這麼美麗的景色呢？」

序幕「相機之國・b」

—Picturesque・b—

接下來就是動員全國居民的攝影大會。

居民為了那唯一一台的相機耐心排隊。

拍完的跟還排得很遠的人，都排在奇諾與漢密斯的後面，一起收在鏡頭的框框裡。

居民們每人都有一次機會可以用自己想要的構圖方式，把奇諾他們框在取景窗裡，並且對焦距。

「好了，笑一個！」

「我比較喜歡大家正經八百的表情呢！」

「請大家做出萬歲的手勢！」

「要不要在全體跳起來的那一瞬間按呢？一、二、三！」

「旁邊的人照不到耶……不然就只照旅行者你們吧！」

然後便按下快門。

「謝謝妳！旅行者，讓我們留下非常美麗的回憶！」

「謝謝妳！我們絕不會忘記喲！」

動員了全國居民的攝影大會，
在和樂融融的氣氛下持續到中午
——結果奇諾是在受到午餐的款待
之後才出境的。

CONTENTS

用這雙手毆打人，
也用這雙手擁抱人。

— *Farewell to Arms?* —

第一話
「連線之國」
—Stand Alone—

第一話「連線之國」
—Stand Alone—

一輛摩托車（註：兩輪的車子，尤其是指不在天空飛行的交通工具）正奔馳在冬季的道路上。

那是一片寸草不生，有好幾座棕色岩山峰峰相連的大地。那條道路彷彿是縫補各個岩山之間的空隙似的，一路蜿蜒而下，一直連接到遠方。

摩托車在結凍的硬土上前進。後輪兩側掛著箱子，上面擺著包包，而包包上面還綁著睡袋和裝了水及燃料的鐵罐。

天空是清澈的藍色，圓滾滾的太陽在北方略低的位置發出微弱的光芒。時間已經過了中午，而且漸漸接近傍晚。瀰漫在這個世界的空氣說有多乾冷就有多乾冷。

「好冷哦……」

摩托車騎士喃喃說道。

騎士穿著上下兩件式的厚質料綠色禦寒衣，置於腹部位置的左輪手槍式掌中說服者（註：Peasuader=說服者，是槍械。在此指的是手槍）則插在槍套裡。

那人戴著附有毛裡，能罩住頭部與耳朵的禦寒帽，眼睛戴著一片式黃色鏡片防風眼鏡，臉上還纏了好幾圈的布，因此根本看不到其表情。此時只有微微的光線照著摩托車與騎士的右側。

「氣溫從白天開始就驟降了喲，需要告訴妳現在的氣溫嗎？奇諾。」

摩托車詢問著騎士。

「不，不用了。那只會讓我覺得更冷而已。」

叫做奇諾的騎士立刻回答，隔著布發出的聲音聽起來有些悶悶的。

「倒是差不多快抵達『目的地』了吧……還沒看見嗎？連漢密斯也還沒看到？」

奇諾邊說邊放慢速度，騎過有點角度的彎道時，後輪稍微打滑還揚起沙塵。

過了彎之後——

「還沒看見呢！」

正如叫做漢密斯的摩托車所說的，在漫長的直線前方，只有一模一樣的彎道而已。奇諾再次加油門。

「我們接下來要去的國家——」

漢密斯停頓了一下。

「不，我們接下來要去的地方，好像已經稱不上是『國家』了吧？」

然後又把話說完。

「正確來說應該是『國家遺址』吧。只是那麼說比較麻煩，因此稱之為『國家』也無所謂——四年前被人民放棄的那個國家，目前已經沒有人居住。這些情報都是過去住在那兒的人提供的，所以絕對不會有誤。」

「那些事情我倒是沒聽說喲，奇諾。可是他們為什麼要放棄那個國家呢？」

「喔～我有問過那個人……理由很奇怪。」

「他是怎麼回答的？」

「他說『因為那個國家不吉祥』。」

「什麼？」

「那個國家的人民雖然在那裡已經居住很久了，但某一天來了一名自稱是『旅行占卜師』的中年婦女，於是眾人就請她做個占卜。結果她說『這個國家的建築物及道路的規劃會引起災噩，最後會導致國民遭遇不幸。總有一天大家都會墜入地底！會下地獄！』」

「就那樣?只為了那個原因?」

漢密斯相當驚訝地反問，奇諾則點頭回應，然後又說：

「那個人說『那個國家的人們都很相信占卜師的話，因此非常傷心。後來覺得搬離那個國家比重建還要來得簡單迅速，所以就全體各自移居到不同的國家去。因為那個國家的科技水準比其他國家都還要先進，所以人民不管到哪個地方都很受歡迎，因此結果算是皆大歡喜呢』。」

「唉——真是一樣米養百樣人呢。有那麼輕易就斷定他人會不幸的人，也有那麼輕易就捨棄自己國家的人，甚至還有不畏寒冬並特地繞遠路，就為了看那種國家的人。」

漢密斯用不知是訝異或佩服的語氣說道。

「這個嘛，你說得沒錯啦！不過，只要那個人能得到幸福——也就是說『只要能讓我們覺得那就是幸福』，或許那麼做就是對的呢！」

奇諾如此回答。

緊接著又過了一個彎道，一座岩山隨即從他們身旁被拋到後方。

然後那個國家的遺址就位於險降坡的下方。

它就在盆地底部，以石砌的圓形城牆環繞著。那是一個占地廣大的國家，一幢幢與大地同樣顏色的屋舍，有如精密模型般排列在高聳的城牆裡。

「我們要入境了喲！」

奇諾邊說邊騎著漢密斯慢慢穿過敞開的城門。這座位於高聳城牆上的大城門，是用一整塊岩石雕琢而成，相當壯麗。目前這座城門呈現半開的狀態，上面還積了沙塵。

奇諾騎著漢密斯進入這個被向晚的夕陽映照的國家裡。她直接橫駛過城門前的廣場，來到大馬路之後朝國家的中央之處前進。

道路兩旁櫛比鱗次的建築物都是石砌而成，大約有五層樓高。窗戶是用木板釘成的，不過感覺都很牢固。

奇諾與漢密斯在夕陽餘暉中，於空無一人的街道上慢慢前進。漢密斯的引擎聲在建築物之間迴響，接著消失在空中。

「這裡相當美，只不過變成廢墟之後，歷史的痕跡也隨之消失了呢！」

漢密斯說道。「的確如此。」奇諾也表示同意。馬路上沒有一點垃圾，乾淨到好像人們昨天才消失似的。

「我懂了……是那個的關係。」

奇諾說著，便把漢密斯停在十字路口前方。只見一輛發出低沉聲音的小卡車，正橫越十字路口。仔細一看，車輪旁邊不僅附有打掃用的刷子，車體後面還輕輕灑著水。駕駛座上並沒有人，圓形方向盤正自行慢慢轉動著。

「哎呀！」

漢密斯略為訝異地說道：

「奇諾，上面沒有人駕駛，看來這個國家相當進步呢！」

「聽說他們留下了足以管理營運國家的系統跟機械，而且電源還是開著的呢！」

奇諾回答完漢密斯之後又繼續往前行。

「為什麼？」

「聽說是屆時若有人想定居在這裡，就可以直接住下來了。」

「真貼心——啊，燈亮了耶！」

當漢密斯說話的時候，位於道路兩側，以及立在人行道邊緣的街燈一一亮起。燈光像是穿過馬路似地一路追過奇諾他們。

「作為國家的機能還存在著。雖然提供情報的那個人說，如果我想定居大可以住下來——只要不害怕下地獄。」

「怎麼辦？都已經到這裡來了，奇諾妳應該不會害怕『下地獄』吧？」

漢密斯戲謔地問道，奇諾回答說：

「說的也是……住在這好像也不錯。只要把漢密斯隨意地倒在路旁，清掃車就會把你視為廢棄車輛清走呢——」

「勸妳不要那麼做，曾經有個偉人說過，『不珍惜摩托車的人會下地獄』喲！」

「既然那麼可怕，那就算了——今天就先找個適當的休息場所，睡個覺再說。明天可以花一整天的時間四處逛逛，大後天早上就出發離開吧。」

奇諾看到路旁有一棟格外豪華的建築物，於是進屋裡查看。那兒似乎是百貨公司，在商品所剩無幾的寬敞樓層裡有間倉庫，她把散置在裡面的床鋪拉出來。

吃完由攜帶糧食代替的晚餐之後，依舊穿著禦寒衣的奇諾把左輪手槍連同槍套充當枕頭，並且在床墊上裹著冬季用的厚睡袋。

「光是能避開寒冷的風跟地面，感覺就差很多了呢——晚安，漢密斯。」

在空無一人、寂靜又寒冷的街道，只有井然有序的街燈綻放光芒。

而上空則是有比街道更顯得多姿多采的滿天繁星，湊熱鬧地閃閃發亮。

隔天，奇諾在黎明的時候起床。

今天天氣晴朗。在寒冷刺骨的空氣中，奇諾只用濕布輕輕擦拭自己的臉，然後反覆做著不至於流汗的輕度運動。

她用固態燃料燒開水，喝了杯加了較多砂糖的熱茶。當她輕聲地吃著攜帶糧食的時候，漢密斯也醒來了。

奇諾感到非常意外。當漢密斯回答她「我偶爾也會早起喲」之後又問：

「那麼奇諾，今天預定的行程是什麼？」

「花一整天觀光跟……」

「觀光跟什麼？」

「尋找可以使用的物品。」

奇諾答道，漢密斯隔了幾秒鐘問她：

「那該不會就是妳入境的目的？」

「嗯，那也是其中之一。」

「該說妳是小家子氣還是吝嗇？不過我也找不到其他適合的形容詞就是了。」

「這些我都不否認。」

奇諾答道。

奇諾跟漢密斯把行李堆好，然後就奔馳在空無一人的市區裡。

除了偶爾會跟自動清掃車擦身而過，再來就看不到其他會動的物體。天空中沒有一片雲，這個寒冷的世界也沒有任何生物。

在國家的中心位置有一處人工湖泊。在凍結成冰的湖面旁邊，有一座大型公園，那裡有國民在最後留下來的石碑。

石碑上詳細又確實地刻下他們當初捨棄這個國家的理由。但是背後有一段用油漆潦草寫下的字：「對不起，我完全無法明瞭。路過的旅行者筆。」

接近正午時分，奇諾發現這個國家的北方郊區有一棟不斷冒著熱氣的巨型設施，於是在漢密斯的要求下進去裡面參觀。結果發現那裡是發電所，它仰賴原子能的力量持續發電。奇諾甚至擅自使用起氣派依舊、至今仍然能使用的浴室。

「妳老毛病又犯啦，奇諾？」

「妳也泡太久了吧，奇諾。」

「不是已經泡夠本了嗎，奇諾？」

「妳是不是溺死了啊，奇諾？」

「再泡下去妳會水腫的喲，奇諾？」

可見她泡了相當久的澡。

之後發現了糧食的儲藏庫，於是進去裡面一探究竟。裡面還保存著國民當初捨棄國家的時候沒

「連線之國」
—Stand Alone—

帶走的大量穀物。

「拿定了！」

「小偷！」

奇諾提起重重的一大袋，詢問漢密斯要不要載。聽到漢密斯回答「如果不介意後輪會爆胎好幾次就沒關係」，於是她又乖乖放回原位。

到了接近傍晚的時候，奇諾發現到開採油礦並精煉成燃料的設施。

「拿定了！」

「拿吧！」

她把放在那兒的燃料倒進漢密斯的油箱跟燃料罐裡，而且是能裝多少就盡量裝。

傍晚，在除了奇諾與漢密斯以外空無一人的城裡開始放起音樂。位於街角的擴音器傳出和緩的旋律，外加——兩次「夜深了，好孩子快回家吧」的廣播。

來到住宅區，奇諾挑了某公寓的一樓當做今晚住宿的地方。她把漢密斯推進杳無人煙的客廳裡，接著破壞了好幾張蒙上薄薄一層灰塵的椅子當柴火，在沒有一絲灰燼的暖爐裡升起火來。升好火之後就試著打開走廊上的電源開關，當屋內的燈一亮，暖氣裝置也跟著啟動。

屋內擺了一台螢幕四周圍著木框的電視機，奇諾也打開電源把玩看看，不過螢幕在出現沙暴般的畫面兩秒之後就沒聲音了。

「算了，睡覺吧！」

奇諾把大型沙發當床鋪使用，在暖和的屋內穿著單薄地鑽進睡袋裡。

「嗯，今天過得挺有趣的。」

「是啊，也好久沒到這種空無一人的國家了呢！」

「我們明天就出境，晚安漢密斯。」

「晚安，奇諾。」

隔天早上。

奇諾在出發前想找些能夠賣錢，或者用得上的物品。

「嗯，奇諾妳今天也在當小偷呢！」

當她在這公寓四處尋找的時候——

「連線之國」
—Stand Alone—

「嗯……？」

竟發現一具上吊的屍體。

屍體就在他們昨晚住的房間的隔壁房間，那是一間狹窄的置物間。他就垂吊在繩索上，腳幾乎快碰到地面，看起來就像一個站著低頭沉思的人。這具看似中年男性的屍體穿著正式的禮服，屍體因為乾燥的氣候而沒有腐爛，整個是乾巴巴的。

房間的牆上還遺留著自殺者死前寫的文字。

「他寫些什麼啊？」

漢密斯詢問走回來的奇諾。

「嗯，上面寫『我不想離開這個國家，也不想下地獄。因此我希望能夠獨自啟程到天國，如此將毫無牽掛。』——就這樣。」

「這樣啊——不知道那個人是否實現願望了呢？」

「不曉得，不過——」

「不過什麼？」

「他留下了這種東西，就掉在附近呢！」

奇諾從口袋拿出來的，是差不多像書本那麼大的摺疊式機械。奇諾坐在漢密斯旁邊，把那個東西拿給他看。那個東西的顏色是黑色的，打開的上蓋部分有一個螢幕，前面附有鍵盤。

「你覺得這會是什麼？」

「因為它有類似天線的零件，應該是能夠隨身攜帶的通訊終端機吧。我想應該可以透過螢幕進行文字情報的交換喲。」

漢密斯答道。奇諾問他「要是隨便操作會不會爆炸啊？」結果得到「或許吧」的答覆。於是奇諾先按下電源鍵，接著在鍵盤上隨意地按了按鈕。閃爍的螢幕動了好幾次之後出現疑似日期的數字，然後就靜止不動了。

「接下來不管按什麼都沒用，你知道怎麼使用嗎，漢密斯？」

「那個我真的是沒輒——話說回來，也找不到人可以問。」

「我看算了。」

奇諾關掉電源，然後摺疊起來，裹上布並收進自己的包包裡。

「那個妳要怎麼處理？」

「拿走囉。」

「我就知道。」

奇諾騎著漢密斯朝西側城門而去。

就跟當初來的時候一樣，她穿著禦寒衣，戴著防風眼鏡，然後用布纏著臉。

偶爾還在微明晨光映照的街道上，跟認真清掃的車輛擦身而過。

不久後，從街道左右流逝而過的公寓之中，出現一整排看起來很像是學校或醫院的大型建築物。寬敞的街道前方看得見高聳的城牆內側，正當奇諾準備握緊油門加速的時候——

「左後方好像有什麼怪怪的東西耶！」

漢密斯突然這麼說，於是奇諾便鬆開油門但沒有煞車。漢密斯靠著短暫的慣性運動慢慢滑行之後便停止。奇諾一面回頭看向位於左側的大型白色建築物，一面問漢密斯：

「你說『好像有什麼』，是什麼啊？」

「該怎麼說呢，是從未見過的，像是把雞蛋埋在地面的低矮巨蛋型水泥物體，是很不可思議的建築物。我是剎那間透過那些建築物之間的縫隙看到的。」

「那去探個究竟吧！」

奇諾迴轉漢密斯的車身，往回騎了一段路之後便進入建築物所在的區域。他們穿過類似停車場的空地，通過建築物與建築物之間的小路。

「看，就是那個。」

他們來到了有如漢密斯所說的水泥隆起處。在寬廣的中庭花園中央處設置了很像是墳墓，或是類似紀念碑的大型巨蛋。那兒還建造了寬度足夠容納一輛車往下開的斜坡，然後在斜坡的前方還有一道緊閉的鐵門。

奇諾把防風眼鏡拉到禦寒帽上面，再拿掉臉上的布，口吐著白煙說：

「這是什麼啊……？是墳墓嗎？再往前走看個仔細好了。」

奇諾慢慢騎著漢密斯，順著斜坡往下駛去。當他們一停在鐵門前面，位於旁邊的擴音器立刻傳出沉穩的女性聲音：

『歡迎光臨。』

剎那間奇諾嚇了一跳，接著回答：

「連線之國」
—Stand Alone—

「啊，妳好。這裡到底——」

奇諾正準備問「是什麼地方」時卻突然被打斷，那聲音自顧自地說：

『如果想跟我的主人見面，請在原地稍待一會兒。如果沒事就請離開吧！』

「什麼啊？」

「我也不知道耶？」

奇諾與漢密斯互相提出自己的疑問，但還是沒有離開那個地方，結果——

『我的主人想跟訪客見個面，請進。』

在聲音一說完的同時，鐵門也靜靜地往旁邊敞開。呈現在已開啟的鐵門前方的，是類似電梯的四角形空間。那是似乎連汽車都停得進去的大型箱子。

「怎麼辦，奇諾？」

「什麼怎麼辦……我不懂你的意思。」

「它剛剛提到『主人』，這不就表示有人在這個國家？」

「可是，這個國家明明——」

沒有半個人才對。正當奇諾想那麼說的時候——

『啊啊！請請請！請進請進，歡迎大駕光臨，旅行者！摩托車先生也請一起進來！』

他們聽到跟剛才的聲音明顯不同的年輕男子聲音。

「…………」

奇諾以低速騎著漢密斯進入那個四角形的箱子，然後將引擎熄火。這時候他們背後的門也慢慢地關上。

「這麼做妥當嗎？奇諾，搞不好是陷阱喲！」

「這時候好奇心戰勝一切。」

當門一閉上，箱子就開始往下降。過程平順到沒有發出任何運轉的聲音。

電梯持續往下降了幾十秒。

「想不到挺深的呢！」

漢密斯說出他真正的感想。

好不容易終於停止，原本緊閉的另一頭……原本是白色牆壁的部分，則慢慢地開啟。

「連線之國」
—Stand Alone—

映入眼簾的，是一處室內空間——那裡是人類生活的空間。

裡頭擺放了椅子、桌子及櫥櫃等生活用品，牆壁上還掛了畫作當裝飾。

角落有一台安裝在檯子上的電視機，而耀眼的照明燈具則從高高的天花板垂吊而下。這兒的寬敞度跟居家品味，都跟一般家庭的客廳沒什麼兩樣，只是這裡連一扇窗戶也沒有，整個室內放眼望去都是牆壁。

「歡迎光臨，旅行者。」

此時，房間中央站著一名年輕人。

他是個身材細瘦，看起來大概是二十出頭的男子。身穿一件白色長袖襯衫，並把衣襬放出來，下著一條長褲。他有一頭蓬鬆的灰色短髮及消瘦的臉頰，臉色蒼白到令人不禁聯想到病人，但是本人卻神采奕奕地以小跑步的方式跑向奇諾他們。

「呃——你好，我叫做奇諾，他是漢密斯。」

奇諾向對方打招呼並且做自我介紹。

「你好，你是剛才那個聲音的主人吧。」

「是的，歡迎光臨——首先兩位請裡面坐，我去端茶過來。」

奇諾遵照對方說的話，把漢密斯推進屋裡。如果從室內往剛剛敞開的白色牆壁看去，那不過是一般家庭的牆壁而已。此時它無聲無息地關起來了。

奇諾用主腳架把漢密斯立在小圓桌旁邊，並且脫掉上下兩件式的禦寒衣。因為房裡非常暖和，因此她連黑色夾克也一併脫下，身上只穿著襯衫，然後坐在椅子上。槍套則依舊掛在長褲的皮帶上。

此處緊鄰著廚房，裡面另有一間看似寢室的房間。這裡看起來就像是把普通房屋的一樓直接埋在地下的空間。

男子在廚房泡茶，接著裝進茶壺裡端了過來。他在圓桌上擺放自己用的馬克杯，以及客人專用的全新茶杯。

男子邊倒茶邊問：

「奇諾你們是不是打算從西側城門出境啊？如果是那樣，突然叫住你們會不會造成困擾啊？」

奇諾先是肯定再否定，接著回答：「反正還有時間，只要能在今天之內出境就可以了。」

「是嗎，那就太好了！」

男子坐下來並招呼奇諾喝茶。奇諾問：

「這茶的香味好特別哦，請問是什麼茶呢？」

並且觀察男子的反應。她等回答了「這只是普通的茶喲」的男子喝過之後才跟著喝。然後奇諾說出「茶很好喝喲」的感想。

「哎呀~已經好久沒有客人到這兒來，我好開心哦。」

聽到男子這麼說，奇諾說：

「我有很多事情想弄清楚……」

「我想也是呢。妳應該想知道我為什麼會獨自居住在這樣的地底空間吧？我當然會告訴妳！我可是巴不得想告訴妳呢！嗯！」

男子以孩子般的笑臉及語氣說道。

「首先，說到我為什麼會獨自在這裡生活——」

「嗯。」

「這是沒辦法的事，因為我生病了。」

「你說，生病是嗎？」

「是的。而且，還有傳染給別人的危險性。」

「那麼，也就是說你是被關禁閉囉？」

聽到漢密斯的問題，兩個人都沉默了一陣子。

過了一會兒奇諾說：

「……你的意思是『隔離中』嗎？」

「對，就是那個！」

說完之後換漢密斯沉默了。

「沒錯，就是那樣喲！」

男子不斷點頭，隨即又連忙搖著頭說：

「啊啊，不過！奇諾妳不會有事的喲，因為妳並不是這個國家的人——這種病不會傳染給外國人。因此唯獨跟外國人的接觸並沒有被禁止。」

「那到底是什麼樣的病啊？」

漢密斯不客氣地詢問。男子立刻開心地回答：

「就是只要稍微照到陽光，我的身體就會發生很可怕的事情，所以才會像這樣窩在地底生活。奇諾妳在旅行的期間，沒有聽說過類似這樣的疾病嗎？」

奇諾皺著眉頭說：

「是聽說過，不過——從沒有聽說那是會感染給別人的病耶！」

「在其他國家或許不會傳染，但是在這個國家卻會喲，而且只限這國家的人呢。如果要說為什麼的話——」

「究竟是為什麼呢？」

「因為那是傳說喲！在很久很久以前，我們祖先曾受到日曬的折磨，當時的首領就拚命祈禱：『就算這輩子看不到太陽也無所謂，請老天爺降雨吧。』結果祈禱奏效了，也下起雨來，但是首領卻變成一曬到太陽就無法活命的體質，而且連他的家人也受到感染，使得全家人只能在陽光照不到的地方生活。而首領的孩子就是有一次跑到外頭去才死掉的。這件事讓首領非常傷心，不過，從此以後這個國家就不曾再因為日曬而造成損害——這就是這個國家流傳下來的傳說喲！後來也正如這個傳說所述，這個國家偶爾會出現像我這樣的人！這要是傳染給別人就糟糕了，所以才被隔離起來！這樣妳明白了吧！」

看著男子自信滿滿地解釋，奇諾喃喃地說：

「這個嘛，原來如此……」

「既然已經知道傳說的由來，也知道那個病不會傳染給奇諾——」

「就是因為這樣！所以我從八年前就獨自在這裡生活呢！」

男子打斷漢密斯的話，眼神閃閃發亮地說道。

「剛開始雖然很辛苦，但現在我一點都不覺得苦喲！當然啦，飲料跟食物都會經由電梯送進來！而且都是我最愛吃的東西呢！啊，也有一堆剛開始雖然很討厭，但現在卻敢吃的東西喲！譬如說葡萄乾就是其中之一呢！而外面一年到頭都很寒冷，但這裡卻很暖和！『舒適』這個名詞應該就是專門形容這裡的生活吧！即使待在這裡一整天都不會覺得無聊喲！至於原因我等一下再說明吧！」

男子似乎對於有人可以和他說話感到很高興，甚至連奇諾沒問的事情也自顧自地滔滔不絕。

「這個國家都沒有人來看你……也沒有人打電話給你嗎？」

「沒有哦！因為要是被傳染到就慘了！」

奇諾不發一語地看漢密斯一眼。

「…………」

「交給妳了！」

漢密斯簡短回答。

奇諾再次面向男子，用有點愁眉不展的表情說：

「可以問你一個問題嗎？」

「儘管問，儘管問！」

「那我要問了。」

然後奇諾詢問津津有味地喝完茶並把馬克杯放下的男子。

「你知道這個國家——除了你以外並沒有其他人這件事嗎？」

男子在聽完奇諾的問題兩秒後便「噗哧」地笑了出來，接著又足足笑了二十秒。

「啊哈哈哈哈！又是這個問題啊！有意思！旅行者真的個個都很有趣耶！」

對方一邊說一邊捧腹大笑，接著又笑了二十秒之久。

「…………」

奇諾沒說任何話，只是靜靜看著他的反應。

等對方控制住笑意之後。

「旅行者每個都這麼說，上面該不會在進行什麼讓我大吃一驚的計劃吧？啊——好好笑哦！」

男子一面用手指拭去笑出來的眼淚一面說道。

「很遺憾，那件事我就不予置評了。」

當漢密斯用平常的語氣回答，男子笑著說：「我想也是，我想也是呢。」

「大概是從四年前開始吧，只要我邀請旅行者來這裡，大家的確都會這麼說喲！說『這個國家已經沒有半個人』或是『你不知道嗎？自己被留下來了喲！』等等。加上他們每個人都一副正經八百的樣子，害我每次都不禁噗哧大笑呢！」

「…………」

奇諾依然沒有說話。

「然後呢？然後呢？」

漢密斯開心地回應。

「其實啊～想騙我是行不通的，如果基於好玩的心態開開玩笑倒是無所謂啦——不過因為我都『沒有上當』的關係，所以大多數的人到最後都放棄說服我，但其中也有人因此而生氣呢。甚至有人蠻橫地說『我就讓你眼見為憑，跟我一起離開這裡吧』，還真的有點亂來呢。不過那個人後來也死心離開了。」

奇諾開口說：

「你說你絕對不會相信『這個國家已經沒有人在』這句話對吧——」

「啊哈哈！那當然！我怎麼可能相信呢！」

「理由是什麼呢？如果不介意，可否告訴我呢？」

「果然又轉到這個話題了！我當然可以告訴妳！其實很簡單哦！」

男子話一說完就立刻站起來，他伸手拿起擺在房間角落的電視機上頭的搖控器並開啟電源。

剎那間，電視裡跳出一個畫面，那是在寬敞的會場中聚集了一群年輕男女，以及一名年長的男性背對著黑板說話的畫面。

『也就是說，把這些數值代入這個公式——』

「我討厭上課。」

男子立刻按下搖控器的按鈕切換畫面，這次是某個身穿禮服的女性在音樂會的會場裡彈鋼琴的畫面。

「…………」

奇諾不發一語地看著男子的動作。男子切換十幾次的頻道，每一次都會出現不同的畫面。像是踢球的體育節目啦，料理節目啦，或是黑白電影等等。

男子最後停在鋼琴演奏的頻道，他一邊看著生動的演奏一邊說：

「要是我也會彈鋼琴，應該很有趣吧！」

他喃喃自語地說道，然後笑臉盈盈地轉頭看著奇諾跟漢密斯說：

「怎麼樣？電視節目至今從未停止過喲。」

奇諾問是否有現場轉播的新聞節目，男子說：

「沒有，這個國家本來就沒有那種節目，電視播放的全都是事先錄好的。」

「這樣的話，那該不會只是靠機器不斷播放事先錄好的影片吧？這樣就不需要靠人控制囉！」

漢密斯說道，但男子笑嘻嘻地說：

「我就知道你會這麼說！其實之前也有旅行者說過同樣的話——不過，那個旅行者後來看過這個之後就默默離開了。」

男子隨即站起來，走進廚房正對面的房間，然後又馬上走回來。這時候他手上拿著跟書本差不多大小的摺疊式機器。

那機器是淡藍色的，打開的上蓋部分有一個螢幕，前面則連接著鍵盤。

「啊，我看過那個。」

漢密斯說道。奇諾拿出撿到的機器並排擺在桌上。

「咦？我還是頭一次看到旅行者身上有這個東西呢！今天真是個幸運日！奇諾，妳怎麼會有那個？這可是代替國民的身分證明，照理說妳應該不可能擁有的。」

「這個東西掉在屍體的旁邊，於是我就帶過來了。」

一聽到奇諾的回答，男子又噗哧笑了約十秒鐘。

「奇諾妳比其他旅行者更有趣許多呢！有辦法這樣正經八百講笑話的人，老實說真的是超級少見呢！」

「對了，那台機器是做什麼用的？」

漢密斯問道。男子一面說著「對了對了」，一面打開自己的藍色機器。結果原來電視螢幕上的鋼琴演奏畫面立刻切換成其他畫面，並同時出現彷彿把畫面填滿的橫向文字。

奇諾把自己的機器擺在桌上，看著電視機的畫面，然後問：

「那是什麼啊？」

「妳覺得呢？」

男子半開玩笑地說道，但回答的是漢密斯。

「應該是利用那個終端機操作的情報通訊畫面吧！」

「正確答案！了不起！還省下我不少說明的時間呢！這是這個國家創造的傑出溝通工具。人們可以藉由這個機器跟住在這個國家的所有人『交換』文字情報。電視機只能夠接收情報，但這個不一樣，是雙方面的通訊。」

「這樣啊——奇諾，妳聽懂了嗎？」

「大概了解。」

「其實也可以直接使用機器內蓋的螢幕，但是電視機的比較大又方便——奇諾你們看得見上面的

文字嗎？要不要再靠近一點？」

男子話一說完，電視機的檯子便朝奇諾他們靠近。檯子下方附有輪子，它伴隨著馬達聲慢慢移動，接著在圓桌的附近停住。

「然後，要往上升囉！」

男子卡噠卡噠地敲著鍵盤。檯子上的四角形箱子安靜無聲地往上升，差不多到足以把頭部支撐在圓桌上的高度才停下來。

奇諾跟漢密斯盯著螢幕看。

上面有《歡迎》跟《請選擇類別》的大型文字。

「我想讓你們看看這個，從這裡挑選類別之後就能加入聊天。」

那下面列出上百種類別，像是《有關這個國家的政治》、《討論人生》、《煩惱之諮詢》等大範圍的類別，到《燙青菜加沙拉醬》或《最近的皮帶很緊》等小範圍的類別等應有盡有，範圍真是多到嚇人呢。

「你是說，如此一來現在就能在這裡透過機器跟『別人』聊天？」

奇諾問道，男子回答「一點也沒錯」。

「實際操作給妳看最快了。乾脆到我常去的《閒人大集合》開一個旅行者的主題吧。發言者可以選擇使用真名或匿名，但要是讓大家知道我生病的事情，可能會惹來一些麻煩，所以還是匿名好了。順便一提，這還可以搜尋文章的主題喲。」

男子話一說完，就用聲音聽起來像是連在一塊的超快速度不斷敲著鍵盤，操作的手指頭甚至看起來像有三十隻呢。

「他明明就會彈鋼琴嘛！」

漢密斯喃喃地說道。

文字以猛烈的速度在螢幕上竄動。

《現在有一位騎摩托車的年輕旅行者來我家玩，請問誰有興趣嗎？》

這樣的文字浮現在螢幕的黑色畫面最上方，不到十秒鐘的時間——

《我有哦！》

《找我嗎？》

《好羨慕哦，怎麼不來我家呢？》

《談一談吧！》

《如果是真的就很棒呢。》

《是個什麼樣的人？》

《如果是唬爛的，我可是會發飆哦！雖然我現在是閒閒沒事啦。》

《別那麼多廢話，繼續說下去吧。》

《真羨慕！》

《麻煩盡可能說得詳細一點。》

《是女的嗎？正不正點？》

一口氣增加了不少文字，從下面出現的文字不斷把上面的往前推。

「很棒吧！這些人都是這個國家的『閒人一族』喔！每一句回答就代表一個人的意見，就在剛剛那一瞬間，就有這麼多人和我連線交談呢！」

青年開心地說道，還用快到看不見手指頭的速度敲著答覆的文字。

《我現在就要解釋了，請各位拭目以待。》

只見螢幕上的大量文字以猛烈的速度往上跑，而男子則在一瞬間就把那些文字全讀過，還確實地回答。

把有關奇諾跟漢密斯的事情大致說過之後，男子半開玩笑地說：

「好了，要不要試試看？」

接著他打了一段文字，主要在說明奇諾也跟其他旅行者一樣，騙他說「這個國家除了你以外並沒有其他人」。

結果回了好多文。

《我差點沒笑死！那現在在這裡的我們又是誰？》

《一定是死人！哇哈哈！》

《這我早就聽說了！旅行者一向有說謊嚇人的習慣呢。》

《可是，他們為什麼要說那麼容易拆穿的謊呢？》

《遇到旅行者的你該不會是住在雞不生蛋，鳥不拉屎的鄉下吧？你四周都沒有人嗎？如果你是處於有機會讓人家用那種謊騙你的環境，那就太猛了。》

《搞不好你是個窩在家裡都不出門的人，沒想到家裡卻來了個旅行者。如果真是那樣，那你偶爾

也該拉開窗簾吧。外頭可是有更美好的事物呢。》

《大家還真是閒閒沒事耶～》

《你不也一樣嗎？》

《不要吵架啦。》

《今天是非假日哦，大家都不用工作啊？》

《你提到了不該提的事情……》

《我在摸魚喲！》

《別瞧不起家庭主婦哦。》

男子向參與聊天的所有人道謝之後——

《那麼各位，我要再回去跟旅行者聊一聊，所以我得暫時先下線了！之後再慢慢回答你們喲！》

接著就下線並關閉電源。大量的文字從螢幕上消失，電視也自動回到原來的位置。

男子轉頭對啜飲著完全冷掉的茶的奇諾說：

「妳看，怎麼樣？我跟這麼多的人連線交談，妳還想騙我嗎？」

奇諾看著滿臉笑容的男子答道：

「……不了。」

這下子男子笑得更開了：

「看吧！還有——」

「還有什麼？」

漢密斯問道，男子回答：

「你們應該也知道我不會覺得無聊的理由了吧！縱使我待在這裡，不過跟大家都隨時保持連線。雖然偶爾會跟他們吵吵架，但我們都一起在這個國家生活著！所以不可能會感到寂寞喲！」

「對了，還要再來一杯茶嗎？」

由於奇諾跟漢密斯都沒說話，因此男子開口詢問。

奇諾用「我得馬上出境了」的回答婉拒，然後把自己撿到的機器遞給男子詢問：

「有辦法讓我也能使用這台機器嗎？」

男子輕輕點頭地說：

「當然可以，妳請等一下。」

他把類似電線的東西跟自己的機器連接，然後操作兩邊的機器好幾遍，過了幾十秒之後說：

「搞定！如此一來不管是誰都能夠使用它了。從此以後它就變成旅行者妳的東西，接下來只要照著畫面指示操作，就能像我剛才那樣加入聊天了。」

奇諾接下對方遞過來的機器說：

「謝謝你，我等一下會試試看的。」

接著就把它收納在漢密斯後輪側邊的箱子裡。

「可以問你一件事情嗎？」

奇諾問道，男子爽快地答應：「想問什麼儘管問。」

「那麼，首先是——這個機器能夠跟這個國家境外的人交談嗎？」

「不，那不可能。只能跟在這個國家裡的人交談喲。」

「原來如此。」

奇諾點了一下頭說：

「像這樣子的『交談』，是從什麼時候開始的呢？」

「很不可思議的是，差不多就在旅行者們對我說謊的同一個時候——」

男子笑著回答：

「是四年前喲。」

在寒冷的空氣中，奇諾騎著漢密斯來到西側城門前。

在敞開的城門正前方仍然是一大片廣場，那兒排列著打掃乾淨的長板凳，還有沉默已久的噴水池跟乾涸的水池。

奇諾停下漢密斯並把引擎熄火。

「怎麼了？」

奇諾一面聽漢密斯的發問，一面踢下側腳架並從漢密斯身上下來。她從箱子裡拿出那個機器，摘下手套按了電源開關。

就在機器啟動的時候，漢密斯喃喃地說：

「關於那個機器啊～」

「下面有註明製造的年月日，仔細一看是六年前製造的呢。」

「這麼說的話……」

「照理說應該從那個時候就能夠進行那種『交談』才對。」

「…………原來如此，我終於明白了。」

等小型螢幕出現文字之後，奇諾找出剛才男子發布的主題。

裡面有男子針對旅行者的事情所回答的一大串文章。像是旅行者來了，還謊稱這個國家並沒有任何人，但自己並不相信，而且自己也沒受騙的主旨。

「…………」

奇諾看了一下螢幕上的文章內容之後，再用笨拙的手指開始敲鍵盤。

「妳要做什麼啊，奇諾？」

奇諾喃喃地說：

「我想這樣應該就可以了。」

然後花了一些時間敲新的文章上去。

《我剛剛也在西側城門遇見正準備出境的旅行者，大概跟你說的是同一個人。她說「居然沒能夠騙過你」，看她的樣子好像很不甘心呢。》

那台機器的旁邊已經沒有半個人。
機器就孤零零地放在空無一人的廣場長板凳上面。
打開的內蓋螢幕上，出現了男子對奇諾的文章所做的回應。
《我想也是！》

第二話

「失望之國」

—Hope Against Hope—

第二話「失望之國」
—Hope Against Hope—

「旅行者！旅行者！」

「你在叫我嗎？有什麼事嗎？」

「抱歉在妳忙著做出境準備的時候還來打擾。不過，身為這個國家的國民，有一件事情實在很想請問妳。」

「喔，什麼事什麼事？是奇諾知道的事情嗎？」

「這件事情只能夠請教旅行者——我說什麼都想請問妳對這個國家的感想。」

「這樣子啊……我覺得停留的這段期間感覺非常愉快，這兒是個非常棒的國家。」

「沒錯沒錯。而且既不會受到生命的威脅，也沒有偷摩托車的小偷呢！」

「遇見的每個人都對我非常親切——就我個人而言，我也非常喜歡這兒的食物。那道淋上韃靼醬的糖醋炸雞塊真是絕品，不禁讓我打算下次專程再來這個國家品嚐呢！」

「這樣子啊……能夠讓妳感到滿意，讓我一時之間覺得很欣慰……」

「明明是對貴國的讚美，你卻憂愁滿面，是否有什麼讓你擔心的事情呢？」

「啊……是的……沒錯……」

「什麼事？什麼事？」

「呃……是有點奇怪的事情啦……可以請旅行者幫個忙嗎？」

「請問是什麼忙呢？」

「當旅行者到其他國家，而且有人問妳這個國家的事情時——」

「嗯。」

「可以請妳盡量說這國家的壞話嗎？」

「嗯？」

「總之就是說壞話。像是『那個國家對旅行者不親切』啦，『食物很難吃』啦，『住起來不舒服』啦等等……」

「為什麼要那麼說呢？」

「失望之國」
—Hope Against Hope—

「其實是這樣的……由於有許多旅行者及商人造訪過我們的國家，也因此打開了這國家的知名度……不過，流傳在外的都只有正面評價——像是國民都很善良，也總是很熱情地招待入境者，是一個很棒的國家等等。」

「哎呀呀。」「請繼續說下去。」

「但實際上並非如此喲。其中有基於『人家是難得來的外國人』這種想法而自掏腰包款待入境者的人；但也有並不喜歡外來者，甚至還厭惡到刻意迴避的人呢。這麼一來，反而讓原本滿心期待來這個國家的人們感到很失望了。」

「失望是嗎？」

「是的，我們知道他們明顯感到失望，心情也變得很鬱卒。其中還有人氣得說出『沒想到這兒是如此過分的國家！虧我還特地來呢！』這樣的話。」

「天哪～」

「其實我們只是認認真真過著自己的生活而已，我們過的也是很普通的生活。要是期待過高，只會對我們造成困擾而已。因此才希望往後來到這個國家的旅行者們，替我們散布負面的謠言。不曉得妳是否願意幫這個忙呢？」

「我這個人……不太擅長說謊，因此對於這件事情只能夠說真話。很抱歉無法回應你的期待。」

「這樣子啊……別這麼說，對妳提出這麼無理的要求，我才抱歉呢！」

「對了對了，我突然有個想法，既然你們希望留給旅行者不好的印象——」

「是的。」

「從我們入境到現在，你們大可以故意做很過分的事情啊！那麼一來，我們自然就會宣傳說這裡是個很糟糕的國家喲！」

「那——那麼失禮的事情我們辦不到！根本就辦不到！」

出境之後，那名旅行者對自己的摩托車說：

「截至剛才為止我都覺得那是『相當不錯的國家』，不過——」

「我要改成『那是個非常棒的國家』。」

「失望之國」
—Hope Against Hope—

第三話
「亞晉(略)之國」
—*With You*—

第三話「亞晉・達——及耶魯・達——及帕茲耶・達——及亞蓋耶・達——及賽克斯・達——及賽載・達——及伊克耶・達——及肯恩・達——及賽布雷・達——及納米・達——及尼米吉・達——及諾諾耶・達——及哈金姆・達——及哈特・達——及哈雷赫・達——及希米雷・達——及米吉恩・達——及米米魯・達——及亞吉耶・達——及約瑟斯・達——及羅隆・達——及羅耶雷・達——及普利帖・姆——及普雷葉・姆——及帕瓦帖・姆——及以耶姆・姆——及塞布・姆——及達達恩・姆——及達耶奴・姆——及納米雷・姆——及奴耶・姆——及諾薩姆・姆——及哈特・姆——及哈瑪・姆——及米翁・姆——及姆比耶・姆——及亞法・姆——及約瑟・姆——及拉葉奴・姆——及拉朗・姆——及里霖・姆——及李里・姆——及連德・姆——及羅優依・姆——及瓦茲・姆——及瓦吉・姆——及托塞奴・載——及烏特耶・載——及凱米雷・載——及薩鮑・載——及史連・載——及史列・載——及索雷布・載——及尼亞葉・載——及尼尼吉・載——及諾連・載——及諾古雷・載——及巴亞雷・載——及赫

吉米・載——及霍特耶・載——及霍馬・載——及密耶奴・載——及
米亞・載——及姆菲・載——及莫吉耶・載——及琳達・載——及李
伊耶・載——及貝諾爾・德——及卡茲・德——及卡其歐・德——及
庫姆尼・德——及薩波耶・德——及斯布雷・德——及塔開烏・德——
——及塔亞塔・德——及托梅・德——及托馬・德——及那克・德——
及涅法・德——及諾張・德——及諾米魯・德——及霍布吉・德——
及米娜・德——及莫布蕾・德——及優威・德——及林克・德——及
里斯特・德——及魯魯・德——及魯埃・德——及雷梅亞・德——及
羅吉耶・德——及瓦科・德——及瓦基・德——及米米妮・魯——及
托帖茲・魯——及卡雷伊・魯——及烏密姆・魯——及艾雷尼・魯——
——及沙貝雷・魯——及斯載・魯——及索普・魯——及但帖・魯——
及托爾・魯——及那吉・魯——及聶姆密・魯——及巴吉爾・魯——
及希基比・魯——及鮑諾・魯——及瑪蜜耶・魯——及馬畢歐・魯——

「亞晉（略）之國」
—With You—

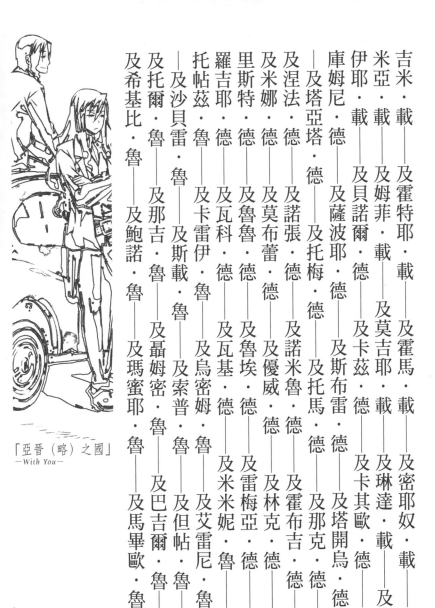

——及馬格列・魯——及梅嘉諾・魯——及莫伊茲・魯——及約德・魯
——及莉莉絲・魯——及伍德・古——及歐特・古——及索奴雷・古
——及索亞耶・古——及塔・古——及涅阿卡・古——及希比尼・古
——及霍姆耶・古——及馬克思・古——及馬特・古——及咪咪・古
——及姆耶・古——及美美・古——及魯菲・古——及雷特・古——
及卡琴・司——及艾密茲・司——及歐密茲・司——及柯米歇・司——
——及科德・司——及史雷特・司——及塔雷布・司——及奇傑・司——
——及那札耶・司——及尼歐伊・司——及菲烏・司——及伯馬・司——
——及戴隆・司——及牡奇・司——及梅密魯・司——及摩戴爾・司——
——及約梅・司——及拉亞拉・司——及雷雷特・司——及瓦歐吉・司
——及奇瑪・優——及艾米歇・優——及歐羅鐵・優——及歐載雷・
優——及沙美茲・優——及司布・優——及索耶・優——及奇姆伊・
優——及托雷奴・優——及拿塞姆・優——及那雷雷・優——及哈
琴・優——及夫芙・優——及霍耶伊・優——及馬琴・優——及姆亞
烏・優——及沙揚・優——及莫德・優——及雷安・優——及拜米・
亞——及密雷・亞——及歐雷嘉・亞——及奇翁・亞——及奇茲・亞

──及奇塔歐．亞──及庫雷．亞──及薩優．亞──及西歐古．亞
──及歐芙米．亞──及索西姆．亞──及塔克伊．亞──及達米．
亞──及基塔米．亞──及泰拉．亞──及那亞蕾．亞──及奴亞
葉．亞──及諾威．亞──及芙米．亞──及赫基．亞──及赫特．
亞──及霍泰．亞──及馬鮑．亞──及姆袞．亞──及梅茲魯．亞
──及馬茲魯．亞──及莫齊歐．亞──及莫克．亞──及優依奇．
亞──及優吉．亞──及拉歐伊．亞──及利米耶．亞──及琉基．
亞──及魯瑟．亞──及露潔．亞──及雷拉．亞──及雷朗．亞──
──及瓦特．亞──及瓦奇姆．亞──及阿格西．歐──及優奇．歐──
──及西亞米．歐──及塞姆列．歐──及塔優涅．歐──及賽歐烏．
歐──及索布渥．歐──及索雷雷．歐──及奇耶伊．歐──及德
蓮．歐──及尼列．歐──及諾基．歐──及聶布．歐──及巴吉．
歐──及涅司特．歐──及哈梅魯．歐──及芙畢雷．歐──及赫阿

「亞晉（略）之國」
—With You—

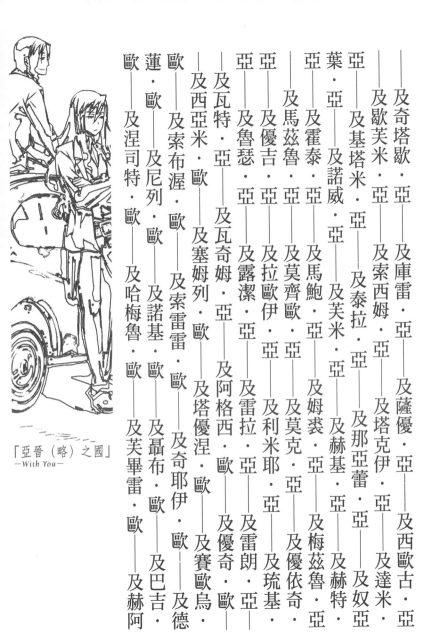

亞・歐——及海倫・歐——及米納密・歐——及姆吉娜・歐——及莫
威・歐——及優賈・歐——及留克・歐——及魯布耶・歐——及羅
特・歐——及路克斯・歐——及奧魯加・歐——及瓦蓮・歐——及瓦
塔斯・歐——及烏密茲・歐——及布夫密・茲——及薩耶歐・茲——
及葉吉・茲——及烏茲耶・茲——及索優伊・茲——及茲依耶・茲——
——及德多・茲——及尼可吉・茲——及希特・茲——及雅耶基・茲——
——及米萊・茲——及利馬・茲——及米奈・茲——及瓦亞姆・茲——
及達嘉茲・貝——及格雷・貝——及庫斯・貝——及伊吉歐・貝——
及賽露露・貝——及塔布雷・貝——及茲茨・貝——及奴特・貝——
及奴瑟・貝——及哈亞・貝——及海亞葉・貝——及馬歐耶・貝——
及麥特・貝——及拉優歐・貝——及利肯・貝——及羅吉亞・貝——
及瓦茲・貝——及薩蓋爾・夫——及柯巴塞・夫——及沙梅列・夫——
——及歐亞烏・夫——及塔米烏・夫——及茨密茲・夫——及德密・夫
——及巴米蜜・夫——及巴德・夫——及弗夫・夫——及芙蓮・夫——
——及密布雷・夫——及拉耶歐・夫——及羅秋・夫——及洛斯特・夫
——及瓦吉・夫——及畢密特・凱——及彼特・凱——及賽布・凱——

——及達雷亞・凱——及茲布尼・凱——及涅布雷・凱——及巴特・凱
——及巴巴耶・凱——及哈吉・凱——及霍鮑・凱——及鮑琴・凱——
——及馬耶羅・凱——及瑪奇娜・凱——及蜜琪亞・凱——及瓦法・凱
——及梅茲・凱——及梅特・凱——及梅蜜・凱——及優梅蕾・凱——
——及托德・凱——及拉吉夫・凱——及朗佐・凱——及魯安・凱——
及路索・凱——及瓦夫・凱——及密古耶・卡——及凱瑟密・卡——
及達雷・卡——及茲吉米・卡——及聶密比・卡——及聶特拉・卡——
——及巴吉姆・卡——及弗佐・卡——及霍姆・卡——及霍布吉・卡——
——及姆嘉耶・卡——及優美亞・卡——及拉姆・卡——及雷亞姆・卡
——及瓦姆基・卡——及瓦索娃・卡——及哈蜜蕾・卡——及諾奴・
卡——及夏基・卡——及卡雷奴・耶——及科列茲・耶——及瑟蓮・
耶——及索蓮・耶——及茲雅・耶——及那奈葉・耶——及奴塞特・
耶——及霍吉・耶——及霍格尼・耶——及恰吉・耶——及梅米・耶

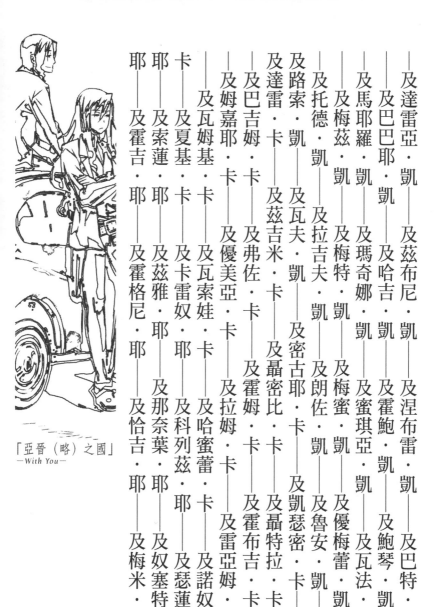

——及毛基・耶——及尤金・耶——及拉德・耶——及里奴・耶——
及羅蘭・耶——及阿馬魯・塔——及卡西斯・塔——及基維・塔——
及柯雷・塔——及柯蓮・塔——及依吉姆・塔——及沙瑟帖・塔——
及塔塔米・塔——及契吉爾・塔——及鐵帖・塔——及尼布雷・塔——
——及涅佳美・塔——及涅特・塔——及哈佐・塔——及鮑比・塔——
及麻馬・塔——及密耶・塔——及雅伊茲・塔——及洛法・塔——及
瓦歇爾・塔——及瓦德・塔——及瓦奇歐・塔——及威布・基——及
伊依尼・基——及卡茲・基——及巴涅美・基——及巴特洛・基——
及艾羅・基——及柯蓮・基——及柯恩・基——及西特・基——及索
祚・基——及塔雷茲・基——及齊茲爾・基——及巴恩・基——及泰
同・基——及湯姆・基——及哈米姆・基——及馬瑟・基——及瑪
琳・基——及瑪夫斯・基——及密基卡・基——及弗・基——及芬
恩・基——及霍托・基——及馬加耶・基——及拉金・基——及朗吉
・基——及拉蓋爾・基——及利姆・基——及利庫耶・基——及魯
登・基——及洛亞特・基——及瓦亞克・基——及瓦雷布・基——及
洛頓・基——及密古米・吉——及梅美特・吉——及梅蓮・吉——及

伊普姆・吉——及歐特姆・吉——及卡連・吉——及柯琳・吉——及
薩蓮・吉——及桑德・吉——及西耶葉・吉——及西耶拉・吉——及
史拉・吉——及史科烏・吉——及索尼葉・吉——及泰米布・吉——
及湯瑪斯・吉——及奴奇歐・吉——及諾特・吉——及哈基雷・吉——
——及弗鐵・吉——及霍布優・吉——及姆秋・吉——及姆佳・吉——
及瑪吉娜・吉——及莫法・吉——及莫夫・吉——及雅娜・吉——及
雅柯吉・吉——及尤諾・吉——及尤耶巴・吉——及尤尤葉・吉——
及優耶奴・吉——及優希姆・吉——及拉古密・吉——及利密茲・吉
——及路帕爾・吉——及汪雷・吉——及安索・雅——及卡姆耶・雅
——及科茲・雅——及史帕茲・雅——及基歐・雅——及戴雷奴・雅
——及嘉連・雅——及克蓋歇・雅——及柯迪・雅——及烏梅亞・雅
——及薩根・雅——及西布亞・雅——及塔塔・雅——及特雷・雅——
——及尼尼雷・雅——及涅可・雅——及諾姆耶・雅——及哈吉特・雅

「亞晉（略）之國」
—With You—

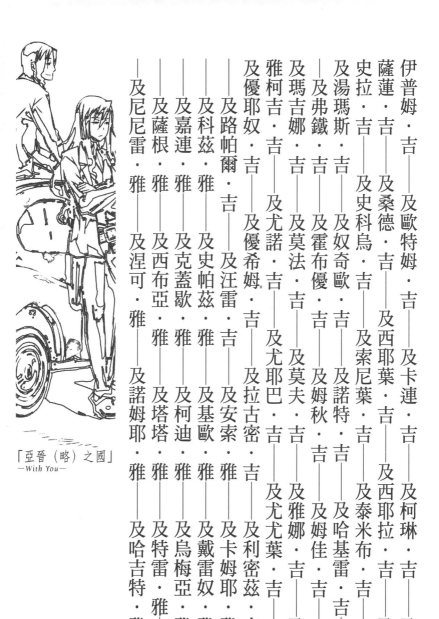

——及弗吉・雅——及馬葉依・雅——及姆伊吉・雅——及姆坎・雅——及姆琴・雅——及梅吉娜・雅——及梅爾・雅——及莫德・雅——及尤金・雅——及尤特・雅——及拉菲・雅——及露魯耶・雅——及露巴爾・雅——及羅歐・雅——及瓦科夫・雅——之國」

—With You—

有一輛行駛在藍色大海邊的車子。

那是輛又小又破的黃色車子，看起來就像隨時都會瓦解，但至今仍奇蹟似地到處跑。

其後座載滿了行李，而且車頂跟後方的載貨架還隨意地綁滿一大堆備用燃料罐。

車子沿著純白色的沙灘及藍色大海之間的界線行駛，而濕得恰到好處的輪胎輕輕地壓在不會深陷的沙灘上。其前進方向的右邊是大地，左邊則是海洋。

海面風平浪靜，微弱的白色波紋一再地拍打岸邊。

長長的淺灘一直綿延到沙漠地帶，只不過所謂的沙漠並沒有沙子，只有岩石及硬土構成的空間延伸到地平線的盡頭，其間沒有任何一座山脈或綠意。

天空萬里無雲，亮得發白的太陽在高空發出耀眼的光芒。

太陽雖然耀眼，但因為季節正值嚴冬，所以氣溫並不高。乾爽舒適的風從陸地吹向海洋。

有著一頭烏溜溜長髮的妙齡女子正坐在車上的駕駛座握著方向盤，她身穿白色襯衫及看似高雅的黑色夾克，大腿處則掛著槍套，裡頭插了一把大口徑左輪手槍。

左側的副駕駛座站著一名男子，身穿棕色短夾克，個子有點矮但長相俊俏。左腰露出插了四角形槍管的掌中說服者的槍套。

只見男子從車子的天窗探出上半身，他用小型望遠鏡眺望車子行進的方向。就方位來說，他看的是南方。

然後——

「看到了！終於到了！哎呀～真是有夠久呢！我都快無聊死了～」

笑嘻嘻說這些話的男子「咚」地一聲坐回座位上。

沒多久就看到他們的目的地小小地映在擋風玻璃前方。

一座綠色的島嶼。

「亞晉（略）之國」
—With You—

而且還是跟陸地連繫的島嶼。

距離筆直的海岸數百公尺遠的海上，一座渾圓的島嶼靠著沙子跟陸地連接在一起。

「這就是所謂的『陸連島（註：意指和陸地仍有相連的島嶼）』，它靠著四周沖刷過來的沙子而得以和陸地相連。」

駕駛座的女子輕鬆地說道。

副駕駛座的男子看著她的側臉說：

「妳真是博學多聞耶，師父。這種事我還是頭一次聽說。」

「那是不記得也不會造成困擾的事情。」

「這個嘛，話是沒錯啦……不過我會記住喲，我不會忘記『陸連島』這個名詞的。只是下次就不知道什麼時候會用上了。」

「那麼我順便再告訴你吧。泥沙一路延伸入海的部分叫做『沙嘴』，可是如果延伸到對岸或跟島嶼相連的話就叫做『沙洲』。」

「這樣啊——這會出現在考題上嗎？」

「不知道，你還想上學嗎？」

「完全不想。順便跟妳說一下，我小時候可是模範生喲。每次考試都拿滿分，還是眾所期待的神童呢！」

「…………」

「妳不問我『為什麼現在會變成這樣』嗎？」

「為什麼現在會變成這樣？」

「我早忘了，對於微不足道的事情我很快就會忘記的。」

車子就在兩人充滿玩笑的對話中慢慢接近島嶼。

那座島非常圓，整體看起來像一座圓滾滾的山，還覆蓋著一整片茂密的樹木及花草。如果從空中俯瞰，那裡可能看起來就是一個綠點吧。

他們進一步證實島上的確有人居住。

因為山坡上到處都有幾乎隱密在樹林裡的房子，海邊的岩岸也浮著幾艘小木船，還有看起來像倉庫的建築物。

「亞晉（略）之國」
—With You—

看來當地居民只是在沙洲連接處隨意擺了幾塊岩石防止車輛進入，用來充當城牆。

「天哪～絕對不會有國家攻打這種偏遠的地方的。」

男子說道。

車子要到島嶼前方得先沿著海岸走，再通過連接的沙橋，因此他們先往左轉。

一來到沙橋，便慢慢使勁爬上綠意盎然的山頭。本來在遠處看是小小的一座山，實際接近之後才發現占地相當廣大。就直徑來說，大約有兩公里呢。

島上的常綠樹木茂密叢生，還有許多鳥類在此飛翔。

沙洲的前方有部分平坦的岩礁，上面蓋了幾排房屋。可以看到幾十名當地居民聚在那兒。

他們穿著短袖上衣和短褲，服裝非常樸素，只見他們好奇地眺望慢慢駛來的車子，一張張曬黑的臉龐全掛著笑容。

當車子抵達只排列幾塊大型岩石的城牆前，幾名中年男子連武器也沒帶就靠了過來。

當女子跟男子下車之後，首先便跟他們親切地打招呼，然後要求居民同意他們入境。

其實這個國家已經有一年多沒有旅行者造訪了，因此他們非常歡迎這兩名訪客，也欣然同意他們入境。

由於車輛無法進入國內，也就是無法進入島內，所以就停放在城牆前面。男子則提著兩只包包穿過城牆之間的空隙。

就在那個時候——

「嗯……？」

男子發現岩石上刻著某種文字。

某顆岩石的表面非常光滑平整，但上面刻有文字，而且字數還相當多，從岩石的這一端到另一端，多達數千個文字排列整齊到令人無法想像的地步，簡直就像是書籍的一整頁一樣。

男子停下腳步，女子也一樣看著那個地方。

「這個是……我看不懂這上面的文字耶，這是什麼啊？請問上面寫些什麼呢？」

男旅行者詢問這個國家的人，聽到這個問題的人笑著回答說：

「那個啊，是這個國家的名字。」

「是國名？這麼說，上面這一長串都是？」

「亞晋（略）之國」
—With You—

「是的，寫在那上面的文字都是國名。是用我們自古流傳下來的特有文字精心雕刻上去的。」

「…………」

男子啞口無言一會兒之後又說：

「還真長呢。」

「沒錯，是很長。」

這個國家的人笑著說道。

「…………」

女旅行者看了一眼手持行李的男子。

「為什麼會那麼長啊？問這種事應該沒關係吧？」

這個國家的人依舊滿臉笑容地回答男子的問題。

「那個原因連我們都不知道呢。不過，那的確是我國的國名。」

然後又指著另一塊岩石。緊鄰著刻有一長串國名的岩石旁邊，還有一塊小岩石，上面也似乎刻了些什麼。不過這邊的文字比較短。

「啊啊，那個我就看得懂了。」

上面刻了數字，是「一〇〇四」。

「那是這個國家目前的人口數。只要一有變動就會在另一顆岩石刻下新的數字。」

這個國家的人說道。

接著進入島嶼的兩名旅行者，一上岸就被帶到不遠處一幢叫做「公民館」的大型木造建築物裡。他們在那裡受到盛大的款待，還跟一群擔任領導者的大人們聚餐。

至於沒有列席的一千零四位國民，有半數以上全湧到這裡，他們為了看旅行者而把現場擠得熱鬧不已。不分男女老幼全聚集在這座公民館，還一一把頭伸進窗戶裡。

女子表現得很酷，男子則偶爾面帶笑容揮揮手，一面對年輕女性眨眼送秋波，一面回應國民注視在他身上的視線。

接著自稱是長老的老人出來向他們打招呼，還請他們享用了有魚有雞的一餐。

菜色雖然稱不上豪華，但是對於深知在如此貧窮的國家，能夠有東西吃就該心存感激的兩個人來說，當然是鄭重道謝之後接受他們的招待。

「亞晉（略）之國」
—With You—

兩人被問及附近國家的近況，他們也據實以告。

還有像是某處建立了帝國，正虎視眈眈策畫要攻擊這個國家，或者全世界只有這裡躲過神祕病菌的死劫等等，這類的說法都不是真的。聽到這些話，這個國家的人們都露出安心的表情。

吃完飯之後，擔任嚮導的居民陪著他們兩人在這座島上——也就是這個國家散步。而一大隊閒閒沒事的其他居民則跟他們保持一段距離跟在後面。

由於島嶼整體是由山所組成，所以散步的步道全都是斜坡。細窄的步道環繞全島，木造房屋也都蓋在山坡上。

森林裡蒼鬱茂盛、綠意盎然，還聽得到熱鬧的鳥叫聲。是充滿閑趣的一個午後。

登到山頂……也就是這國家最高的地方之後，看到一處滿滿都是潔淨水質的水池。山頂有個像火山噴火口那樣的凹陷處，裡面積滿了水。

這個水池可以把半年來雨季所降下的雨儲存起來，是很久很久以前的先人辛辛苦苦開山鑿出的深洞。

一聽到這個大水瓶是用來維持這個國家一千零四個居民的生命，男旅行者開著玩笑說：

「這可不得了，得小心不要讓它摔在地上了呢！」

所有人都笑了，然後便離開水邊。

結束環島之行，兩人又回到公民館的前面。他們坐在準備好的長板凳上並享用熱茶。

這時候天空慢慢染成紅色，把沙漠的大地映得一片通紅。

由於他們被許多人團團圍住，嚮導特地保持一段距離不讓大家擠過來，因此民眾只能遠遠地看著他們。

「在這裡覺得自己有點像是明星呢！只是明天我們就要出境了，不曉得大家以後是否會記住我們呢？」

男旅行者說道。

「話說回來——」他接著又說：

「說到『記住』，這個國家的國名非常長呢，我自己是有點替他們擔心，難道大家都不會覺得很難背嗎？」

「不，大家都很輕鬆就記住了喲，而且也不會忘記。」

「亞晉（略）之國」
—*With You*—

其中一名嚮導笑容滿面地說道，還說「我馬上證明給你看」，然後從在遠處看熱鬧的居民裡叫出一名女孩。

「最愛白魚小妹妹，可以請妳過來這邊嗎？」

那個綽號讓男旅行者不解地輕輕歪著頭。

那位叫做「最愛白魚小妹妹」且年約八歲的女孩，開心地從人群中跳出來，到了坐在長板凳的兩名旅行者及嚮導們的面前，便很有禮貌地停住。

「兩位旅行者好，歡迎來到我國！」

女子及男旅行者對著笑臉盈盈說著這句話的女孩回禮說：「謝謝。」

這時候嚮導溫柔地問女孩說：

「最愛白魚小妹妹，妳可以說出這個國家的國名嗎？」

女孩開心又爽快地回答：

「當然可以！沒有人說不出來哦！」

「因為兩位旅行者並不是本國人，不會讀石碑上的文字，所以可否請最愛白魚小妹妹對他們兩位說出這國家的國名呢？」

「好的！這件事情很簡單呢！」

然後女孩在深呼吸之後，便彷彿獨自誦唱般地開口了：

「我要開始說這國家的名字了。亞晉・達——及耶魯・達——及帕茲耶・達——及亞蓋耶・達——及賽克斯・達——及賽載・達——及伊克耶・達——及肯恩・達——及賽布雷・達——及納米・達——及尼米吉・達——及諾諾耶・達——及哈金姆・達——及哈特・達——及哈雷赫・達——及希米雷・達——及米吉恩・達——及米米魯・達——及亞吉耶・達——及約瑟斯・達——及羅隆・達——及羅耶雷・達——及普利帖・姆——及——」

看著女孩流利誦唱的模樣，再聽著那一大串極為相似的名詞，男旅行者不禁輕聲讚嘆：

「哇喔～」

女旅行者則靜靜看著女孩的臉。

女孩夾雜簡短的喘息，繼續朗誦著國名：

「——普雷葉・姆——及帕瓦帖・姆——及以耶姆・姆——及塞布・姆——及達達恩・姆——及達耶奴・姆——及納米雷・姆——及奴耶・姆——及諾薩姆・姆——及哈特・姆——及哈瑪・姆——

——及米翁・姆——及姆比耶・姆——及亞法・姆——及約瑟・姆——及拉葉奴・姆——及拉朗・姆——及里霖・姆——及李里・姆——及連德・姆——及羅優依・姆——及瓦茲・姆——及瓦吉・姆——及托塞奴・載——及烏特耶・載——及凱米雷・載——及薩鮑・載——及史連・載——及史列・載——及索雷布・載——及尼亞葉・載——及尼尼吉・載——及諾連・載——及諾古雷・載——及巴亞雷・載——及赫吉米・載——及霍特耶・載——及霍馬・載——及密耶奴・載——及米亞・載——及姆菲・載——及莫吉耶・載——及琳達・載——及李伊耶・載——及貝諾爾・德——及卡茲・德——及卡其歐・德——及庫姆尼・德——及薩波耶・德——及斯布雷・德——及塔開烏・德——及塔亞塔・德——及托梅・德——及托馬・德——及那克・德——及涅法・德——及諾張・德——及諾米魯・德——及霍布吉・德——及米娜・德——及莫布蕾・德——及優威・德——及林克・德——及里斯特・德——及魯魯・德——及魯埃・德——及雷梅亞・德——及羅吉耶・德——及瓦科・德——及——」

「嗯……」

這時候男旅行者發現到一件事。

就是女孩後面的其他國民也跟著一起開口唸了起來。他們的嘴型跟女孩完全一樣。

也就是說，所有國民都跟女孩一樣零失誤地持續唸著。

這也讓男子不自覺地說：「好厲害哦～」
國名繼續誦唱著：
「——瓦基・德——及米米妮・魯——及托帖茲・魯——及卡雷伊・魯——及烏密姆・魯——及艾雷尼・魯——及沙貝雷・魯——及斯載・魯——及索普・魯——及但帖・魯——及托爾・魯——及那吉・魯——及聶姆密・魯——及巴吉爾・魯——及希基比・魯——及鮑諾・魯——及瑪蜜耶・魯——及馬畢歐・魯——及馬格列・魯——及梅嘉諾・魯——及莫伊茲・魯——及約德・魯——及莉莉絲・魯——及伍德・古——及歐特・古——及索奴雷・古——及索亞耶・古——及塔・古——及涅阿卡・古——及希比尼・古——及霍姆耶・古——及馬克思・古——及馬特・古——及咪咪・古——及姆耶・古——及美美・古——及魯菲・古——及雷特・古——及卡琴・司——及艾密茲・司——及歐密茲・司——及柯米歐・司——及科德・司——及史雷特・司——及塔雷布・司——及奇傑・司——及那札耶・司——及尼歐伊・司——及菲烏・司——及伯馬・司——及戴隆・司——及牡奇・司——及梅密魯・司——及摩戴爾・司——及約梅・司——及拉亞拉・司——及雷雷特・

「亞晉（略）之國」
—With You—

司——及瓦歐吉・司——及奇瑪・優——及艾米歐・優——及歐羅鐵・優——及歐載雷・優——及沙美茲・優——及司布・優——及索耶・優——及奇姆伊・優——及托雷奴・優——及拿塞姆・優——及那雷雷・優——及哈琴・優——及夫芙・優——及霍耶伊・優——及馬琴・優——及姆亞烏・優——及沙揚・優——及莫德・優——及雷安・優——及拜米・亞——及密雷・亞——及歐雷嘉・亞——及奇翁・亞——及奇茲・亞——及奇塔歐・亞——及庫雷・亞——及薩優・亞——及西歐古・亞——及歐芙米・亞——及索西姆・亞——及塔克伊・亞——及達米・亞——及基塔米・亞——及泰拉・亞——及那亞蕾・亞——及奴亞葉・亞——及諾威・亞——及芙米・亞——及赫基・亞——及赫特・亞——及霍泰・亞——及馬鮑・亞——及姆裘・亞——及梅茲魯・亞——及馬茲魯・亞——及莫齊歐・亞——及莫克・亞——及優依奇・亞——及優吉・亞——及拉歐伊・亞——及利米耶・亞——及琉基・亞——及魯瑟・亞——及露潔・亞——及雷拉・亞——及雷朗・亞——及瓦特・亞——及瓦奇姆・亞——及阿格西・歐——及優奇・歐——及西亞米・歐——及塞姆列・歐——及塔優涅・歐——及賽歐烏・歐——及索布渥・歐——及索雷雷・歐——及奇耶伊・歐——及德蓮・歐——及尼列・歐——及諾基・歐——及聶布・歐——及巴吉・歐——及涅司特・歐——及哈梅魯・歐——及芙畢雷・歐——及赫阿亞・歐——及海倫・歐——及米納密・歐——及姆吉娜・歐——及莫威・歐——及優賈・歐——及留克・歐——及——」

唸到這裡，原本覺得非常佩服的男旅行者開始覺得很無趣了。

他感嘆女孩以及在背後跟著誦唱的居民記憶力驚人，也不發一語地露出不知該說什麼好的表情看身旁的女旅行者。

「…………」

但女旅行者只是目不轉睛地看著女孩。

男子只好又把視線移回女孩身上。

誦唱的聲音依舊繼續著。

「——魯布耶・歐——及羅特・歐——及路克斯・歐——及奧魯加・歐——及瓦蓮・歐——及瓦塔斯・歐——及烏密茲・歐——及布夫密・茲——及薩耶歐・茲——及葉吉・茲——及烏茲耶・茲——及索優伊・茲——及茲依耶・茲——及德多・茲——及尼可吉・茲——及希特・茲——及雅耶基・茲——及米萊・茲——及利馬・茲——及米奈・茲——及瓦亞姆・茲——及達嘉茲・貝——及格雷・貝——及庫斯・貝——及伊吉歐・貝——及賽露露・貝——及塔布雷・貝——及茲茨・貝——

—及奴特・貝——及奴瑟・貝——及哈亞・貝——及海亞葉・貝——及馬歐耶・貝——及麥特・貝——及拉優歐・貝——及利肯・貝——及羅吉亞・貝——及瓦茲・貝——及薩蓋爾・夫——及柯巴塞・夫——及沙梅列・夫——及歐亞烏・夫——及塔米烏・夫——及茨密茲・夫——及德密・夫——及巴米蜜・夫——及巴德・夫——及弗夫・夫——及芙蓮・夫——及密布雷・夫——及拉耶歐・夫——及——」

唸到這裡男旅行者已經在想別的事情了。

他絞盡腦汁拚命回想裝在自己的說服者槍管下方，那個用來瞄準用的雷射瞄準器，最後一次是什麼時候調整的？時間好像相當久了，差不多該調整一下了。

「——羅秋・夫——及洛斯特・夫——及瓦吉・夫——及畢密特・凱——及彼特・凱——及賽布・凱——及達雷亞・凱——及茲布尼・凱——及涅布雷・凱——及巴特・凱——及巴巴耶・凱——及哈吉・凱——及霍鮑・凱——及鮑琴・凱——及馬耶羅・凱——及瑪奇娜・凱——及蜜琪亞・凱——及瓦法・凱——及梅茲・凱——及梅特・凱——及梅蜜・凱——及優梅蕾・凱——及托德・凱——及拉吉夫・凱——及朗佐・凱——及魯安・凱——及路索・凱——及瓦夫・凱——及密古耶・卡——及凱瑟密・卡——及達雷・卡——及茲吉米・卡——及聶密比・卡——及聶特拉・卡——及巴吉姆・卡——及弗佐・卡——及霍姆・卡——及霍布吉・卡——及姆嘉耶・卡——及優美

亞・卡——及拉姆・卡——及雷亞姆・卡——及瓦姆基・卡——及瓦索娃・卡——及哈蜜蕾・卡————及諾奴・卡——及夏基・卡——及卡雷奴・耶——及科列茲・耶——及瑟蓮・耶——及索蓮・耶——及茲雅・耶——及那奈葉・耶——及奴塞特・耶——及霍吉・耶——及霍格尼・耶——及恰吉・耶——及梅米・耶——及毛基・耶——及尤金・耶——及拉德・耶——及里奴・耶——及——」

國名還在持續唸著。

這個時候男旅行者開始想起在上一個國家購買的消音散彈。

當時的促銷宣傳是說，擊出散彈的火藥是裝在薄薄的鐵袋裡，因為引爆時只要把袋子推出去即可，根本就聽不到開槍的聲響，是一項非常獨特的創意商品。

當時是基於有趣才買下來，問題是試射之後才發現威力非常弱，很難找到使用的時機。

「——羅蘭・耶——及阿馬魯・塔——及卡西斯・塔——及基維・塔——及柯雷・塔——及柯蓮・塔——及依吉姆・塔——及沙瑟帖・塔——及塔塔米・塔——及契吉爾・塔——及鐵帖・塔————及尼布雷・塔——及涅佳美・塔——及涅特・塔——及哈佐・塔——及鮑比・塔——及麻馬・塔

「亞晉（略）之國」
—With You—

——及密耶・塔——及雅伊茲・塔——及洛法・塔——及瓦歐爾・塔——及瓦德・塔——及瓦奇歐・塔——及威布・基——及伊依尼・基——及卡茲・基——及巴涅美・基——及巴特洛・基——及艾羅・基——及柯蓮・基——及柯恩・基——及西特・基——及索祚・基——及塔雷茲・基——及齊茲爾・基——及巴恩・基——及泰同・基——及湯姆・基——及哈米姆・基——及馬瑟・基————及瑪琳・基——及瑪夫斯・基——及密基卡・基——及弗・基——及芬恩・基——及霍托・基————及馬加耶・基——及拉金・基——及朗吉・基——及拉蓋爾・基——及利姆・基——及利庫耶・基——及魯登・基——及洛亞特・基——及瓦亞克・基——及瓦雷布・基——及洛頓・基——及密古米・吉——及梅美特・吉——及梅蓮・吉——及伊普姆・吉——及歐特姆・吉——及卡連・吉————及柯琳・吉——及薩蓮・吉——及桑德・吉——及西耶葉・吉——及西耶拉・吉——及史拉・吉——及史科烏・吉——及索尼葉・吉——及泰米布・吉——及湯瑪斯・吉——及奴奇歐・吉——及諾特・吉——及哈基雷・吉——及——」

男旅行者已經沒什麼事情可想了。

整個人到達了無我的境界。

「——弗鐵・吉——及霍布優・吉——及姆秋・吉——及姆佳・吉——及瑪吉娜・吉——及莫法・吉——及莫夫・吉——及雅娜・吉——及雅柯吉・吉——及尤諾・吉——及尤耶巴・吉——及

尤尤葉・吉——及優耶奴・吉——及優希姆・吉——及拉古密・吉——及利密茲・吉——及路帕爾・吉——及汪雷・吉——及安索・雅——及卡姆耶・雅——及科茲・雅——及史帕茲・雅——及基歐・雅——及戴雷奴・雅——及嘉連・雅——及克蓋歇・雅——及柯迪・雅——及烏梅亞・雅——及薩根・雅——及西布亞・雅——及塔塔・雅——及特雷・雅——及尼尼雷・雅——及涅可・雅——及諾姆耶・雅——及哈吉特・雅——及弗吉・雅——及馬葉依・雅——及姆伊吉・雅——及姆坎・雅——及姆琴・雅——及梅吉娜・雅——及梅爾・雅——及莫德・雅——及尤金・雅——及尤特・雅——及拉菲・雅——及露魯耶・雅——及露巴爾・雅——及羅歐・雅——及瓦科夫・雅——之國！」

女孩漂亮地把國名全部唸完了。

結束的時候男旅行者還站起來，發出誠心的喝采說：

「了不起！」

他沒有把「傷腦筋，終於唸完了啊」的真心話說出來，只說：

「亞晉（略）之國」
—With You—

「想不到妳記得住這麼長的國名！太讓我感動了！」
然後高舉雙手在頭上鼓掌。
女孩有些害羞地說：
「呃……這很平常啊，大家都辦得到的。」
「哎呀～真是厲害。國名這麼長固然厲害，但大家都記得住才厲害呢！」
男子說著便從口袋拿出空彈殼或什麼東西想要送給女孩當做獎賞，但是發現又不能只給她特別待遇，於是便打消了這個念頭。
「謝謝，真的非常感謝。」
結果只是口頭上的感謝。
嚮導接著說：
「最愛白魚小妹妹，辛苦妳了。那麼，請妳回到群眾裡吧！」
女孩隨即點頭向他們敬禮，然後一步一步走回原來自己站的位置，她旁邊的大人則撫摸她的頭表示讚許。
「好厲害哦，真的讓我佩服得五體投地呢！」
女旅行者如此說道並看著嚮導。

年約二十歲的年輕嚮導略感驕傲地說：

「在這個國家，任何人到了牙牙學語的年紀，就會被教導如何唸這裡的國名。如果不知道自己住處的名字，一旦有人問起那可就傷腦筋了呢！」

在夕陽之中，男旅行者裡詢問：

「你們不知道那一長串國名的由來嗎？」

「嗯，我們不知道，不過那些都是用國民的名字串成的，不僅往後絕不會改變，也會永遠記得牢牢的喲。」

這次換女旅行者開口說話了：

「關於剛剛那個叫做『最愛白魚小妹妹』的女孩，那是她的綽號嗎？這個國家一向是隱藏本名使用綽號的是嗎？」

「是的，一點也沒錯。妳好清楚哦！我還一直想說是不是要解釋一下呢！」

「因為我們之前曾造訪過習慣相同的國家。」

「亞晉（略）之國」
—With You—

「喔～原來還有其他國家也是這樣啊！那我就鬆一口氣了！我一直以為只有我國比較特殊呢！這真是個振奮人心的好消息！」

嚮導開心地說道。

接著還替這兩名短暫停留的旅行者想了綽號。

然後，在場的所有人互相討論該喊哪個綽號——

結果女旅行者是「烏溜溜秀髮小姐」。

男旅行者是「提行李先生」。

眾人是這麼稱呼他們的。

那天晚上，「烏溜溜秀髮小姐」跟「提行李先生」暫住在國內唯一備有客房的人家裡。

隔天早上還受邀享用活捉的鮮魚料理。

然後在過了中午沒多久的時候，女子及男旅行者從擁有很長很長國名的國家出境了。

「謝謝你們，很感謝你們誠心的款待，那我們就此告辭了。」

「謝謝你們大家，你們這個國家真的很棒喲——只不過要記國名的話有點傷腦筋，取個『綠色島嶼之國』的綽號怎麼樣？那麼我們告辭了！」

事情發生在出境沒多久。

具體來說是當北方的地平線及水平線的正對方，已經完全看不到山形模樣的時候——

「咦？好像有人喲！」

駕駛座的男子慢慢放鬆油門。

本來速度就不是很快的車子便緩緩減慢速度，在某個男子的斜前方停了下來。

那名年約二十五、六歲的男子就站在四周空無一物，只有水平線與地平線的世界裡。

他穿著綠色夾克，腰際掛著四五口徑的自動式說服者。打扮很像旅行者，跟那國家的居民完全不一樣。

男子只帶一個擺在腳邊、微髒的後背包，那應該是他的行李。

「這種地方怎麼會有人？」

男旅行者邊這麼說，邊摸了一下左腿上的說服者。

女子則點到重點地說：

「應該是搭船來的，岸邊還有燃燒的痕跡呢！」

男旅行者往岸邊一看，那兒果然有小船燃燒過的痕跡。看樣子已經在上面灑過沙子，但還是可以看得到燃燒過的木屑、丟棄的小型引擎，以及油箱等等配備。

「這太扯了吧……」

男旅行者喃喃說道。

換句話說，眼前這名男子親手丟棄搭載自己來到這裡的交通工具。在這種地方幹這種事，簡直就是跟自己的性命過不去。

看到對方出現這種異常行為，男旅行者不敢掉以輕心，他慢慢下車，不過剛開始還是用親切的語氣跟他說話：

「你好，想不到會在這種地方遇到人呢！」

「旅行者你好，真正嚇一跳的可是我呢！」

穿綠色夾克的男子如此回答，然後又看了一眼小船燃燒過的餘燼並主動說：

「放心吧，我會那麼做是有原因的，不會給你們造成困擾的，只是我萬萬沒想到會在這種地方遇到其他人。」

「那事情就變得簡單多了。」

女子也下車了。綠色夾克的男子說：

「可以問你們一點問題嗎？」

「有什麼問題儘管問，不過應該是那個國家的事情吧！」

「看來事情真的變得很簡單呢～」

聽到女子反應如此靈敏，穿著綠色夾克的男子感到非常佩服。

「你們應該才剛離開那個國家吧，裡面的情況如何？一千名左右的居民在那座與陸地相連的悠閒島嶼過著貧窮又一無所有的生活，不過他們是不是過得很悠然自在又和平幸福呢？」

他提出了這樣的問題。

男旅行者看著女子，女子如此回答：

「你說的一點也沒錯，想不到你這麼清楚呢！」

「亞晉（略）之國」
—With You—

結果——

「哈哈！」

綠色夾克的男子笑得很詭異。那是帶點嘲諷又有些憤怒的笑。

「我猜你正準備去那個國家——」

聽到女子這句話，他緊接著說：

「沒錯，只不過我打算從這裡開始用走的過去。應該晚上會抵達吧，對我來說時間剛剛好。」

來到這裡之後就自行破壞交通工具，還打算利用晚上悄悄接近那個國家。這男子的行為舉止實在太異常了。

「你要去那個國家做什麼？」

女子問道。

綠色夾克的男子坦率、直接地回答：

「啊啊——我要把那兒的居民全部殺光光。」

男旅行者刻意打趣地說：

「那真的很辛苦耶，堪稱是一大工程呢！」

結果那名男子表情鎮定，還用聊八卦似地口吻這麼說：

「才不辛苦呢——你們知道嗎？在那個國家的山頂上有個大型蓄水池，是用來把之前雨季降下的雨水事先儲存下來的工具。而那個國家在目前這個時期，只能夠從那裡得到淡水。我只要把帶來的毒藥丟一瓶下去，所有的人都會死掉的。」

然後又補了一句：

「老實說，用說服者殺死有限的人數，那才是真正困難又辛苦的工程呢！」

「原來如此。」

女子表示同意。

「那麼，『為什麼』呢？」

她詢問關鍵的理由。站在車子另一邊的男旅行者也說：

「是啊，這我說什麼都想聽聽看。」

綠色夾克的男子點著頭回答「當然可以」。

「亞晉（略）之國」
—With You—

「我當然可以告訴你們喲——其實是為了報仇。」

「報仇是嗎？針對那個國家？」

女子說道。

「是的，我要向那個國家報仇……我猜你們絕對不知道我接下來所說的事情，因為那個國家的人絕對不可能對外公布——那件事情發生在很久很久的十五年前。當時那個國家的人口有一千五百人以上，你們知道那代表什麼意思嗎？」

聽到綠色夾克的男子那麼說，男旅行者不解地歪著頭說：

「什麼意思？」

「那已經完全超過容納的極限對吧？」

女旅行者立刻這麼回答。

綠色夾克的男子開心地笑著說：

「一點也沒錯，就是那個意思。」

「什麼意思啊，師父？」

聽不懂兩人在說什麼的男旅行者詢問女子。女子答道：

「就是那個國家的人口已經太多了，我想那片領土光是要養活一千名左右的人口就已經很吃力了吧。雖然我不知道原因是什麼，不過它的人口卻超過五百人之多。」
「喔～原來如此！那真的很糟糕呢……」
等男旅行者完全了解之後，綠色夾克的男子繼續說：
「由於在那之前的四十年間，天候出現了異常狀況。雨水不僅格外地多，也捕捉到比往常更多的魚。而當時的領導者們全都是一群笨蛋，得意過頭的他們竟然打破了國家有史以來一直延續的『人口的增加不得超出一千零一十人』的禁忌。他們認為國家將會逐漸壯大，也會越來越富庶，因此他們想讓自己名留青史——但是，當大自然……當漁獲量又恢復原狀之後，一切都結束了，也全都完蛋了。」
「結果……發生了什麼事嗎？」
「知道怎麼樣嗎？等到眾人發現很可能會面臨可怕的缺水及饑荒的問題時，那群白癡領導者居然集體自殺。剩下的只是不到一千五百名，不知該如何是好的國民。」
「那麼，後來是發生了什麼樣的『奇蹟』呢？」

「亞晉（略）之國」
—With You—

女旅行者語帶諷刺地問道。綠色夾克的男子臉上露出猙獰的笑容。

「因為有旅行者來到這個國家——因為他們來了的關係。」

他們一行大約十個人。

開著幾部卡車，就像你們這樣從北方來到這個國家。

其實他們只是在往南方前進的途中順便繞來這裡，照理說大可以就這麼通過的。

然而，當他們抵達的時候，國民卻把希望寄託在他們身上，不僅央求他們出手幫忙，也訴說目前的窘狀。

如果再這麼下去，在下一個即將到來的枯水期時，將會有國民死亡。

如果要讓一千個人過普通的生活，那就得犧牲一千五百個人其中五百個人的性命，不然就是讓一千五百個人每年持續被迫忍受饑餓與缺水的痛苦。

國民懇求他們不管用什麼方法都行，只希望能夠尋求解決之道。

結果隊長說話了：

「我知道了，我們會幫忙解決所有問題的。」

好了，問題就在這裡。你們知道發生了什麼樣的奇蹟嗎？

那可是非常了不起，就在一夜之間發生的奇蹟。
那十個人可全都身懷絕技呢。
也就是「殺人」的絕技。
那十個人——等到當天晚上夕陽西下之後就開始殺害居民。
不過那並非是沒有經過計畫的行動。
他們不僅調查過戶政機關上登記有案的居民姓名及年齡，還完整掌握「該殺掉哪五百個人才能維持人口的平衡」。而且為了不造成孤兒或遺族的問題，一定都是以家庭為單位來動手。
雖然無法正確計算出有多少人被殺害……但應該是將近五百個吧。
國內發出跟著鳥叫聲一起響起的說服者槍響聲。
那十個人一衝進屋內就毫不留情地開槍，確實結束居民的性命。
至於不該殺的，則一個也沒殺。
可是被殺的人在死亡的前一秒並不知道自己會被殺。

「亞晉（略）之國」
—With You—

體諒旅行者所做所為的居民們，就在顫抖的恐懼下度過了一晚。

不久天亮了，他們對倖存的居民說：

「已經沒問題了，接下來你們可以好好地活下去。」

然後還這麼說：

「不過首先要把屍體處理好。在傳染病爆發以前，盡可能把他們深深埋在遠處的陸地裡。然後把死去的那些人都忘了吧，往後記得千萬要好好控制人口數，幸福地生活吧！」

就這樣，那十名旅行者離開了。

至於那個國家也遵守他們的吩咐，直到現在仍確實、祥和又悠然自在地生存著。

真是可喜可賀啊。

聽完這段長長的故事之後，男旅行者立刻問他：

「咦……？那麼你怎麼會在這種地方？既然你知道整件事情的來龍去脈，就表示你是倖存者了，可是我不認為那個國家會有旅行者啊！」

被問到這個問題的那個人還沒回答以前，女旅行者就開口說：

「他應該是成了第十一個人吧？」

「喔……？喔～原來如此。」

男旅行者雖然當下腦筋還沒轉過來，但馬上察覺到了。然後再次詢問綠色夾克的男子說：

「怎麼會這樣？」

「我只是運氣好而已——那時候的事情我還記得一清二楚，事情發生在我十歲時，那個晚上他們闖進我家之後就馬上殺了我爸爸、媽媽、姊姊，以及兩個妹妹。接著他們的隊長舉起說服者指著我，並毫不考慮地扣下扳機——卡嚓！只是不知為何，子彈並沒有射出來。」

「天哪……真難得會出現啞彈呢！」

「一點也沒錯。等我學會使用說服者之後，才知道那是多麼難得的奇蹟呢——那個隊長便問了沒被打死的我說：『你想活下去嗎？』雖然我被家人的血濺得一片通紅，不過我還是回答：『我想活下去，請帶我走。』當時我覺得嘴巴都是鐵的味道，而且也耳鳴得厲害。於是我就成了他們的伙伴，偷偷登上卡車離開了故鄉。」

「原來如此啊～」

「亞晉（略）之國」
—With You—

「就結論而言，這個國家獲救了。如果我的家庭沒有被選中，那不知道會有多開心呢！只可惜我們沒那個好運氣，看來只有我的運氣最好。然後我就跟著他們一起旅行，過新的人生。當然那比死要好上許多，因為他們也把我當伙伴看待。更重要的是，隊長待人很溫柔。」

女旅行者說：

「這樣我完全明白了。可是，你為什麼事到如今又回來這個國家報仇呢？照理說那個女隊長……她不可能叫你這麼做吧？」

這時候綠色夾克的男子立刻皺起眉頭說：

「……我並沒有說哦。我完全沒提到隊長是女的，妳怎麼會知道？」

「那是女人的第六感。」

「…………」

聽到那個回答的男子停頓了一會兒，不久搖了一下頭說：

「理由有兩個。第一，因為我現在已經無依無靠了。就在半年前，我那些伙伴……因為在許多國家到處打劫而被通緝的那十個人，被非常優秀的追兵找到了。我萬萬沒想到他們會那麼輕易就被殺死。追兵在完成任務之後就立刻離開，只有我逃過一劫，而理由只是因為『我去打水』了哦？這你們相信嗎？」

「請節哀順變——不過運氣就是這麼回事，不是嗎？」

「是啊，不過我卻非常沮喪，也想過尋死——這時另一個原因出現了，就是我竟然在那個時候聽到那個國家的傳聞，說那兒的居民過著非常平靜又悠然自在的生活。當我知道那些早就忘記當初犧牲將近五百多條的性命，還厚著臉皮活在世上的這群同胞的事情，便下定決心『啊～我等殺了那些傢伙之後再死吧。』之後就設法來到這裡，現在離計劃完成只差一步而已。只是沒想到會在這裡遇見你們，還說了這些話。」

聽到他那些話的男旅行者發出「嗯——」的聲音。

「傷腦筋耶～既然聽到你講這些事情，我們是不是應該殺死你，拯救那個國家呢……？」

「好了，你們打算怎麼辦？反正我們雙方都有說服者，要拔槍嗎？」

一點殺氣都沒有的男旅行者，對殺氣騰騰的男子說：

「可是啊～雙方又不了解互相的實力，而且若因此受了無謂的傷也沒意義——老實說，我並不想跟你對幹呢！」

「亞晉（略）之國」
—With You—

「我就知道你會那麼說。」

看著咯咯笑的綠色夾克男子，女旅行者問：

「你叫什麼名字？」

男旅行者歪著頭不明白她為什麼要問這個問題。

聽到這個問題的綠色夾克男子也「咦？」地感到有些訝異，然後說：

「啊啊……我一定會讓兩位知道的，知道毀滅那個國家的男人名字。雖然在那個國家其實是不能說本名的——我的名字叫做『米萊．茲——』。」

女性用力點著頭說：

「『米萊．茲——』是嗎……」

「是的——這名字唸起來很奇怪吧？在那個國家居民的姓氏唸起來都是『茲——』或『亞——』等拉長的音，加上一共只有二十個姓氏，為了不造成同名同姓的情況，因此盡可能讓名字的發音聽起來不一樣，倒沒有什麼特別的含意喔。不過我非常中意家人絞盡腦汁幫我想的這個名字，想到死前還能唸這個名字，我真的很開心呢！」

「原來如此，我非常明白了。」

然後女子對站在車子另一側的男子這麼說：

「還是停止無謂的爭鬥吧。」

聽到這句話的男子只說一句：「了解。」

綠色夾克的男子提起腳邊的行李，然後說：

「接下來我會把遇見的人全殺掉，因此請你們務必要記得我喲！我的名字——是我確實曾活在這世上的證據，拜託你們不要忘了。」

女子說道。

「我會記住的——最後再給你一個建議，有件事情希望你入境的時候能夠注意一下。」

「什麼事？」

「那個國家的國名跟以前不一樣了，等你唸過入口那個石碑上的名字之後再入境吧！」

「……？知道了，那麼我走了——再見，兩位歷史的見證人。」

然後綠色夾克的男子背起原本提在手上的行李。

他穩穩背著可能裝了毒藥的行李，慢慢而筆直地往北方走，也就是朝那個國家的方向前進。

「亞晉（略）之國」
—With You—

他邁出步伐沒多久就跟破舊的黃色車子，以及站在那旁邊的兩名旅行者擦身而過。

「再見了，米萊．茲——先生。」

米萊對女旅行者說的話輕輕揮手回應。

然後就頭也不回地離開，在沙灘上留下行走的足跡。

然後女子對著男子越來越渺小的背影再次喃喃地說：

「再見了，歷史的見證人。」

那是破舊的黃色車子在離開與大陸連接的小型島國之後，隔天發生的事情。

那個國家——

名稱稍微有些改變。

因為那個國家——

又增加了一名人口。

「想必這時候正拚死拚活地重刻石碑吧？」

「妳說什麼啊，師父？」
「沒什麼。」
破舊的黃色車子繼續沿著海岸行駛。

「亞晉（略）之國」
—With You—

第四話
「無國境之國」
—Asylum—

第四話「無國境之國」

—Asylum—

我的名字叫陸，是一隻狗。

我有著又白又蓬鬆的長毛，雖然我總是露出笑咪咪的表情，但那並不表示我總是那麼開心，我是天生就長那個樣子。

西茲少爺是我的主人，他是一名經常穿著綠色毛衣的青年，在很複雜的情況下失去故鄉，開著越野車四處旅行。

同行人是蒂。她是個沉默寡言又喜歡手榴彈的女孩，在很複雜的情況下失去故鄉，不久前才跟我們一起行動。

事情發生在我們橫渡新大陸，有如逃難般地從第一個國家出境時——

完全迷路的我們好不容易在森林裡遇到一名過著跟隱居生活沒什麼兩樣的老人，然後也很幸運地從他口中得知通往離這裡最近的國家的路。

但是老人卻跟向他道謝的西茲少爺說「路上小心點」。

「那一帶有許多小國，總是為了拓展自己的領土而互相爭戰，我就是因為厭惡那種一天到晚戰爭的生活才離開的。」

自稱過去曾是一國領導者的老人，在說完那些話之後就回到自己建造的破房子裡。

開著越野車行駛在森林深處道路的我們，不久就越過一座山峰，來到一處大盆地，那裡的確有老人口中的國家。

只不過情況跟老人說的差別相當大，那些小國並沒有群雄割據到城牆幾乎碰在一塊的狀況，呈現在眼前的反而是一個占地廣大的國家。

「會不會是統一了呢？如果真是那樣，或許已經變成能夠安居樂業的國家了呢。」

正在尋找安居之地的西茲少爺，坐在駕駛座開心地說道。

「……」

在副駕駛座腳下的我，以及把下巴抵在我頭頂的蒂，一起坐著越野車下山。

「很棒吧！這個國家的優秀系統比任何地方都還要了不起呢！」

擔任嚮導的女人當著許多人的面前那麼說。

我們則是啞口無言看著那個光景。

如果要形容的話，在那類似室內棒球場的巨型圓頂狀空間裡，似乎擠了上千個人。不分男女老幼，各式各樣的人在寬敞平坦的空間或坐或躺，或看書換衣服，或是聽收音機。每個人分得的空間大概只有一個床鋪大，其密集的程度幾乎連隔壁的呼吸聲都聽得見。

這種狀況我們過去曾經看過。那是在某個國家，人們因為大地震失去家園而臨時居住的緊急避難所，根本就是一模一樣。

西茲少爺請教嚮導解釋這到底是怎麼回事，她倒是用高亢的聲音自豪地說：

「這個國家，是由某一位偉大的英雄將群雄割據的各個小國統一而成的。在那之前可是歷經了長期的悲慘戰爭呢！」

這個部分明白了。

「然後在統一成一個廣大的國家的時候，成為第一任總統的他心想『絕不能讓群雄割據的狀況再次發生』，於是煩惱得不知該如何是好。」

這個部分也明白了。

「然後剎那間，有個天才的念頭從他腦子閃過！那就是『國界』才是爭戰的根源！就是因為每個國家都大力主張自己的領土，而別人又不當一回事才會產生戰爭！你想想看，這個世界、這個星球原本是沒有國界的，因此根本就不需要什麼分界線。」

從這個部分開始就越來越不明白了。

「於是！第一任總統決定了！從今以後不再承認這個國家裡的任何『分界線』。也就是說，絕對不允許有『屬於某人之領域』這種事情。因此在憲法裡明文禁止人們擁有自己的領域！」

西茲少爺皺著眉頭詢問嚮導說：

「結果……居民們只好全都住在這裡──」

「是的，旅行者先生！這裡就是住處。沒有人擁有自己個人的領域，所以這裡才能成為既和睦又公平的安居之地！在這個國家，所有居民都在這巨大的圓形屋頂下一起平等生活。這個國家建造了許多類似這樣的巨蛋。國家的計劃是在將來要把所有巨蛋都結合在一起，讓眾人能夠在同一個屋頂下生活。」

「譬如說家人？還有情侶也一樣？」

「那當然！在這樣的概括原則下是不能有例外的。不過當然能讓他們就近居住喲，那點自由是應該要有的。」

「如此一來……這個國家的『隱私權』呢？」

對於西茲少爺的疑問，嚮導非常自傲地挺起胸膛說：

「當然沒有！那種『自我領域』的想法就是引發愚蠢戰爭的根本理由！就是因為認同那種東西的存在，人們才會對它執著、想要維護它，以及拓展它，也才會一而再地不斷爭戰。也就是說，一開始它就不應該存在。在這個國家，所有事情都得攤在陽光下。無論是生活場所、上廁所或洗澡都一樣，多虧如此，這裡不曾再發生針對那些事情的任何爭執。」

「關於那個憲法……」

「是的！憲法明文規定嚴禁修改條文，所以我們就不會再回到那愚蠢的過去！違反者及謀反者都將受到嚴格的懲罰。」

接著開心到不行的嚮導繼續對愁眉苦臉的西茲少爺說：

「聽說旅行者先生正在考慮移民對吧！怎麼樣，要不要考慮來我國呢！何不成為這了不起的國家的居民呢！我們非常歡迎你哦！」

然後西茲少爺買完必需品之後，於傍晚時刻再次穿過城門。

離開那個「空間」，來到了外頭。

我們在深邃的森林裡迎接那一天的夜晚。

西茲少爺在那個國家買的其中一項物品，是一頂小帳篷。在之前入境的國家都找不到適合的，所以就一直沒有買。

西茲少爺在距離自己的帳篷不遠處把它搭起來，並且對默默看著它的蒂說：

「這個，是蒂的帳篷。從今天起妳就睡這裡。」

「…………」

沉默不語的蒂對他露出抗議的眼神，但是西茲少爺並沒有讓步。

結果蒂拔掉椿子並拿起小帳篷，移到西茲少爺的大帳篷旁邊，就地搭了起來。

「安。」

蒂對西茲少爺道了晚安之後，就鑽進自己的帳篷裡不見人影。

「晚安，蒂。」

西茲少爺也隨即進入自己位於隔壁的帳篷裡。

在迴響著貓頭鷹低沉叫聲的森林裡。

我一面望著兩個和樂融融並排在一塊的帳篷，一面慢慢閉上眼睛睡覺。

「很難發現的後記」—Preface—

然後這裡也有後記。

再次向大家問好，我是在後記裡虛實交錯的作者時雨沢惠一。

偷偷偽裝成本文後續的後記將從這裡開始。這次在與「很容易發現的後記」的對比之下，也不遑多讓地把「很難發現的後記」擺在很難發現的位置，還盡可能寫得讓讀者很難發現到。

「竟然……出現兩次後記……不會吧……」

或許有人會這麼說。

「不可能有無法選擇的後記！」

因此，就算有兩篇後記也請大家不要想太多，繼續把它看完吧。

順便一提，絕不會有第三篇的。

是真的。

請相信我。

那麼，因為感謝文「很容易發現到」，因此這次我打算把這篇後記寫得像一般的後記那樣，好好寫一些算是製作花絮，或者說是只有作者才知道的事情。

接下來的內容跟這一集完全無關。

由於完全無關，所以即使先把本文看完再回來這裡也無所謂，因為這裡是後記嘛。即便它的英文標題是「前言」。

・關於主書名的煩惱。

這是發生在我投稿時期的事情。我曾想過把《奇諾の旅》當做主書名會不會太簡單，是不是很單調？

雖然現在我很喜歡這麼簡單的書名，不過當時真的讓我很煩惱呢。

「！」

當時我突然靈機一動，如果是這樣的書名呢——

《昨日的奇諾の旅》（註：日文的羅馬發音是KINOU NO KINO NO TABI）

……………

這個嘛，選擇現在這個書名果然是正確的……

結果就保持它簡單的風格，然後再加上英文的the Beautiful World。

我還真想誇獎當時決定「還是不要用『昨天的～』這個書名吧」的自己呢。

・有關錯別字等等。

錯別字，也就是作者非刻意寫錯的文字，不過還相當多呢。

照理說應該要一而再地反覆檢查稿子，直到沒有錯別字為止，但畢竟是人為的檢查，所以一定會出錯。

沒錯，那是發生在一年前——

也就是上一集的《奇諾の旅X》……

在贊成與反對的聲音參半的長篇作品「歌姬所在之國」裡出現了一名叫「艾里亞斯」的少年。

那個名字是引用自描寫越戰的電影「前進高棉」裡的登場人物。寫這篇故事的時候我還非常非常小心，以免跟當時唯一一次靠我自己破關的RPG「Final Fantasy Ⅶ」裡的超有名角色「艾麗絲」搞混。（註：「艾里亞斯」的日文為「エリアス」，「艾麗絲」的日文為「エアリス」）

問題是當我寫得很順手的時候就出槌了。我偶爾會打成「艾麗絲」，然後又改過來，結果就這麼反覆改來改去的，正式完稿時也經過一而再再而三的檢查才出書，結果——

對不起。

（我應該取鮑伯才對……但是鮑伯很不像是個角色，漢茲又是姓氏。）

以下是題外話，錯別字在再版（指的是第一版賣完之後的增刷）之前會先送到責編那兒訂正過，但是當連同我在內的其他作者出書之後，責編就不會再把書重新仔細看過。因為在我們執筆的時候，他們就已經把內容看過好幾十遍了。

因此，會發現有錯別字的情況，都是從網路的留言板或感想部落格得知的。

・有關打錯字等等。

有別於錯別字的情況，我也有打錯字的時候。

先不管日文裡是否有那種字，這裡指的是按錯鍵所打出來的字。

原本作者沒有打算要用那個文字做結束的，但是常常發生搞錯「てには」（註：這裡指的是日語助詞的用法，一旦不小心放錯位置，整句話的意見就會完全不同）的狀況。

有時候那個錯誤反而促成一段很棒的文章，讓文章顯得非常耀眼，因此當下就直接採用。

因此結果是All Right萬萬歲。

而我的文章至今在還沒查出哪裡有打錯字的狀況下繼續出書上市。

看來小說多多少少都會加點天使的惡作劇呢。

・人物的名字並不容易取，但是很快樂。

其實《奇諾の旅》裡的配角很少有名字的。

為了不讓角色太過顯眼，我刻意用「居民」或「鬍鬚男」或「入境審查官」這類平凡而枯燥的名稱。

因此偶爾出現一個有名字的重要配角時，我會憂喜參半地絞盡腦汁思考，讓他可以有一個具有深意的名字。其實這樣到處調查也頗有趣的呢（像命名用的市售「數國語辭典」就很有用呢）。

不過也是有像上一集「歌姬所在之國」的「尤恩」、「肯恩」、「羅伯」那樣，一下子想到就引用的配角名呢。

咦？主角級的師父跟她的伙伴沒有名字？

經這麼一提，的確是呢。

其實師父的只是沒寫出來而已，不然我有設定她的名字哦（雖然只有姓氏啦）。那是在寫師父第一次登場的第Ⅱ集就設定好的，只是沒寫出來而已。至於什麼時候出現或不出現，那還是個謎。

至於那個伙伴……呃……那個……

註：時雨沢並不是討厭他啦，為了避免誤會先解釋一下。

・說服者連名字都沒有

另一方面說服者，也就是槍械，其實主要是手槍啦——這些就算有明確的款式，但是並沒有名字（這部分的設定跟非地球的《艾莉森》、《莉莉亞&特雷茲》系列是一樣的）。

這時候我會簡單註明那把槍的特徵，覺得只要懂的人看得懂就好了。

要是描寫得太詳細就會被責編下令刪減，因此我都會小心不要寫得太過火，可以說是一而再地壓抑自己。不過終於壓不住了，反動的成果就呈現在《學園奇諾》裡，而且還一發不可收拾呢。

原則上那些槍都是選我自己偏好的。

我只要手裡一握模型槍或空氣槍，就會像書中人物那樣擺出架勢或拚命揮舞，在房間裡儼然是個危險人物。也請大家不要模仿。

我會手持著附有燈光的玩具槍闖進空無一人的房間裡，還正經八百地說：

「呼……沒有敵人。」

這樣的一個三十歲男人不曉得腦袋在想些什麼。

不過就選擇的例外來說，就是師父在第Ⅸ集的「殺戮之國」裡佩帶在腰際的魯格P08。只有這把是我在參加某處舉行的握手會時，有人要求「請讓它出現！」才讓它登場的。

所以也是有這樣的情況。雖然曾有過這樣的情況，但是我不知道往後是否會跟那次一樣，因為有人要求就讓它順利出現，關於這點還要請大家見諒呢。

要是有人大喊：

「種子島（註：西元1543年葡萄牙人漂流到九州種子島傳入鐵砲。種子島領主「時堯」為其威力所震驚，遂自力研製鐵砲，取名「種子島」）！」

那可就讓我傷腦筋了。

還有，雖然是偶爾，但我也會寫出像「長笛」那樣的個人設定槍，會調查登場槍械的讀者請多注意哦。

・然後說服者是「說服」。

利用文書處理軟體寫文章的時候，只要把頻繁出現的長句子或文章，用短句登記在辭典裡就會變得很方便。

像我在電腦只要打「說服」再按取代鍵，就會出現類似以下句子的選擇。

1・說服者。

2・說服者（註：指槍械）。

3・掌中說服者（註：Peasuader=說服者，是槍械。在此指的是手槍）。方便吧，這樣很方便呢。

不過，一旦過於習慣這種工具，在普通對話也會說出以下這樣的話。

「奇諾的『說服』啊～」

所以必須要注意一下。

就算時雨沢講了意義不明的單字，也請大家睜一隻眼閉一隻眼吧。

・那麼奇諾都帶些什麼東西旅行呢？

這部《奇諾の旅》是因為我喜歡騎摩托車兜風才誕生的，在執筆當初我常常想：

「要不要把奇諾攜帶的所有物品列出一張表啊……？」

只要把她帶了些什麼東西，以及放在什麼地方等等的細節都設定好，在寫作的過程中或許會輕鬆許多呢。

可是後來我打消念頭了。
要說為什麼的話——
因為我自己是個「無法減少行李」的人。
我自己外出旅行的時候都會有「那個應該很需要」、「這個也需要」、「要是少了這個應該會很麻煩吧」的想法，結果行李就越帶越多，而且還很重呢。
但是旅行一趟回來之後，發現那些東西根本都沒用上，甚至是在當地再買就可以了，這類的情況算很常見呢。
那個時候我都會自我反省「下次的行李絕對要力求簡單」，可是又……
要這樣的我要製作「奇諾の旅行用品總表」實在是——
我看到時候她很可能得讓漢密斯在後面拖著兩輪拖車旅行呢。

・有關同人誌

雖然相當唐突，但是我非常歡迎自己的作品能成為同人誌的題材。
我要對非常喜歡這部作品的人表示感謝，以及有「自行出書」這股力量的行為獻上喝采。
就算是破天荒的爆笑內容（話說回來，我自己在《學園奇諾》就做了類似的事情呢……）或是看過會鼻血成河的十八禁作品，對我來說都一樣值得感謝及喝采。
只不過我盡可能不去看自己作品的同人誌。
理由是我害怕萬一……不，億一內容重疊到的話就不好了。
不過，還是要替大家加油哦。
你們的想像力及創造力可以發揮作用的時刻一定會到來的。
那麼後記就在此突然結束了。

《奇諾の旅》的插畫家

黑星紅白的後記。

與《奇諾の旅》已經相交七年了呢。算是說長也不長，說短也不短……雖然從我出道當插畫家時就開始跟它結下不解之緣，不過《奇諾の旅》對我的畫所造成的影響真的非常大，要說讓我茁壯到這個地步的是《奇諾の旅》，實在也不為過。要不是遇到這部作品，我這時候可能還像隻無頭蒼蠅亂撞呢。

我要借這個地方向時雨沢惠一先生、責編，以及跟《奇諾の旅》有關的所有人說聲謝謝。然後也要感謝一直支持《奇諾の旅》這部作品的各位讀者。

我覺得很慶幸，也很光榮能夠遇到這麼棒的作品。

因為我不太擅長寫文章，剩下的就用畫來彌補吧。

2000
特別企画
キノ7年間の軌跡
2002
2004
2006
2007
2008
この流れから
来年は
こんな感じと
大胆予想!!
希望大家
能夠繼續支持。
黒星紅白

第五話
「學校之國」
—Assignment—

第五話「學校之國」
—Assignment—

有一輛摩托車奔馳在森林裡的路上。

那是後輪兩側掛著黑色箱子，上面還裝了鐵管製載貨架的摩托車。此時載貨架上面沒有放任何東西。

騎士是個年輕人，年約十來歲出頭，有著一頭黑色短髮，頭上戴著附有帽沿及耳罩的帽子，眼睛則戴上防風眼鏡，然後身上穿著黑色夾克。

騎士的腰際繫著粗皮帶，掛在右腿位置的左輪式掌中說服者則插在槍套裡。然後身體前方是用皮背帶背著一挺能夠擊出散彈的說服者。它整體是黑色的，長管型的彈匣及貼在槍管上淨是破洞的散熱板非常引人注目。

在藍藍的天空下，綠意盎然的森林裡，摩托車在來自右方的朝陽照射下，揚著塵土奔馳著。

森林的道路筆直得可以一路瞭望到遠方，騎士用相當快的速度騎著摩托車。有時候還會把身體前方歪掉的說服者扶正。

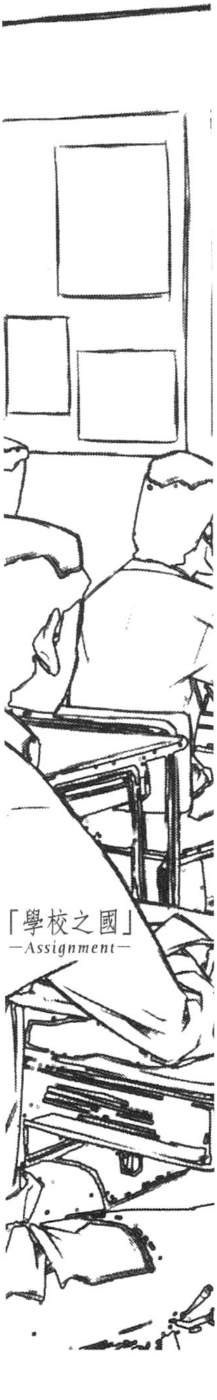

「我說奇諾。」

摩托車對騎士說話了。叫做奇諾的騎士回答：

「如果你想說速度太快了，我是不會放慢的喲，漢密斯。因為我正在練習讓自己盡可能騎得又快又久。」

「那倒是無所謂啦！」

叫做漢密斯的摩托車那麼說道。

「我不是那個意思，是想問妳今天要去哪裡？上街購物嗎？」

「我沒跟你說嗎？」

奇諾放鬆油門，等速度整個減慢，引擎聲也變小之後便說：

「是學校喲！」

「學校？」

「沒錯，就在現在即將前往的國家，我要去那裡的學校上五天課。」

「那是為什麼？」

「因為師父說『那所學校有別處學不到的獨特技術』，還說『這是個好機會，妳就去學吧』。只要能讓自己『變強』，我什麼都願意做喲！」

「嗯──原來是這樣啊！」

「所以接下來每天都要跑一段蠻長的距離。」

「反正這對摩托車來說是件開心的事情，況且這個時期的天候也很穩定。」

「而且還能練習騎得又快又久。」

奇諾一把話說完就再次握緊油門。

漢密斯在堅硬結實的泥土路上慢慢加速。

穿過森林之後就看到前方的城牆。灰色的城牆圍起又寬又大的區域。

時間接近正午時分，太陽快要升到天空正中央，大地也慢慢暖和起來。

來到大型城牆前面的奇諾，把漢密斯停在手持步槍的衛兵們面前。她踢下側腳架撐住漢密斯並摘下防風眼鏡說：

「你們好，我叫做奇諾，這位是我的伙伴漢密斯。請讓我們入境。」

奇諾彬彬有禮地跟走過來的兩名衛兵打招呼之後，便從後輪旁的包包拿出一封信。

其中較為年長，看起來年過五十的衛兵接下那封信。

他打開信看過之後，便爽快地發出許可。

「嗯，知道了，你可以入境。」

「只不過，我國針對持有說服者的普通市民將進行嚴格的審查。像奇諾你的狀況，我們將代為保管直到你出境為止。」

「知道了。」

奇諾跟衛兵取得共識之後便把身體前方的散彈說服者拿下來，並把裝在裡面的九發子彈都排出來。接著再把那挺說服者跟散彈，以及把腰際的左輪手槍迅速分解成的槍管、彈匣及槍把等部分，全放進衛兵準備好的木箱裡。

「你攜帶的都是重武裝呢……事先跟妳聲明一下，在我國遼闊的領土裡，有部分區域是被對政府感到不滿的恐怖份子所橫行霸佔的危險場所。地圖上都有註明，請注意不要誤入那些場所，除此之外的場所都沒有問題——對了，還要小心別違反速限，一旦被抓到可是要罰款的喲。」

「知道了，謝謝你的叮嚀。」

然後奇諾便推著漢密斯穿過城門。

目送著一車一人離去的背影，年輕的衛兵望著長官的臉說：

「那個……這麼做妥當嗎？」

對於部下問得很保守的問題，他反問「什麼妥不妥當」。

「那位少年……是誰啊？」

「不知道，我是第一次見到。」

「…………」

聽到長官這麼乾脆的回答，年輕衛兵一時語塞了。

「不過，畢竟是那位老婆婆寫的推薦函，總不能不讓他入境啊。」

「你說的『那位老婆婆』，是據說住在南方森林深處的……那個，傳說中很可怕的老婆婆嗎？」

「你覺得還有別人嗎？」

「她有孫子嗎？」

「不，據我所知，那位老婆婆一直是獨自生活。聽說那個孩子是在森林裡迷路的時候，被她撿回去的。」

「那是怎麼回事……？話說回來，那位老婆婆又是何方神聖啊？」

「關於那件事，之前隊長曾跟我說過。至於隊長好像是聽連隊長說的，而連隊長則是將軍當面跟他說的。正好趁這個機會也跟你說一下吧，我不是刻意要沿襲長官的風格什麼的，只是知道的話對你絕對有好處沒有壞處。」

「是的。」

「那就是『如果想活得長久就不要打破沙鍋問到底』——就這樣。」

「…………今天的晚餐吃什麼好呢？」

「吃什麼好呢？魚應該是不錯的選擇。」

被畫出一道和緩曲線的城牆包圍的遼闊國家裡，其中的森林與農田綿延到地平線的另一端，還

看得見零星的幾戶人家。

奇諾打開衛兵給她的地圖，再從夾克口袋拿出便條紙對照。

「找到了，往前直走然後在第二個交叉路口左轉，再往前走一點就有個小鎮，那裡就是我們的目的地。」

說著便把那兩樣東西翻過來也給漢密斯看。

「嗯，沒有錯呢。」

奇諾把地圖跟便條紙收妥之後就繼續往前走。

「各位同學好，今天我們教室來了一位新同學。老師想在上課以前先介紹給大家認識。站在這裡的是——奇諾同學。奇諾同學，這些都是本班的學生，一共有十二個人，他們不是跟妳同年就是比妳年長一點。那麼，跟大家打個招呼吧！」

「大家好，我叫做奇諾。」

「我想大家或許都知道，奇諾同學並不是在這個國家土生土長的。這個國家的境外不是有一片很大的森林嗎？她不僅受到住在那裡的老婆婆照顧，兩人還住在一起呢。不過，那件事情算是跟在座的各位之間的祕密喲。從今天起，她將會開始上下午的課程。請大家跟她好好相處，一起努力用功吧，千萬不要因為奇諾同學的打扮跟你們不同就排擠她哦。既然都是同在一間教室裡上課，那麼大家都是伙伴。聽到了沒？好了，那麼現在開始上課。奇諾同學，請妳用那邊的課桌椅吧，也請妳努力跟上大家的進度哦。」

「我會的，還請大家多多指教。」

當奇諾跟漢密斯奔馳在夕陽開始西斜的森林裡時，影子也隨之落在他們的左側。

奇諾跟早上一樣在身體前方掛著散彈說服者，並且以跟早上一樣快的速度狂飆。高亢的排氣管聲響徹森林。

「對了！學校怎麼樣？」

漢密斯大聲問道。因為奇諾沒有回答，他又問了一次同樣的問題。

「啊？啊啊！很好玩！」

奇諾也用喊的回答。防風眼鏡映著以極猛的速度從兩旁飛逝而去的森林樹木影子。

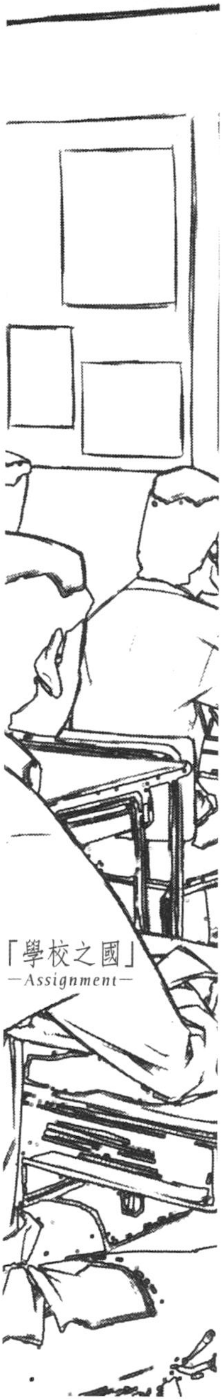

「妳學了些什麼？」

「製造東西的方法！」

「什麼東西？」

漢密斯問道，奇諾便針對那個「東西」做回答。

「哇——聽起來蠻好玩的呢！」

「很好玩喲，真的很有趣呢！只是因為班上的同學跟我有些隔閡，所以感覺心有點靜不下來……不過我覺得可能是自己太緊張了。大家不僅認真聽老師的話動手製造，下課時間也都處得很愉快。我猜他們可能正因為是那個國家的人，所以對將來的事情都很正經而認真地思考。」

「嗯嗯嗯，那老師呢？」

「她人很好喲！是個才二十歲的女老師，她有一頭很美的金髮，是個大美女，為人也非常親切，雖然我今天才加入，卻很耐心又仔細地教導我。講話速度不會很快，上課內容也很淺顯易懂。雖然我不懂的名詞很多，也一再重覆提問好幾次，她都沒有露出任何厭煩的表情，所以最後讓我完全都聽懂了。」

「這樣啊——」

「當師父突然要我去上學的時候，我剛開始還不懂為什麼要那樣呢。想不到那裡卻比我想像中的還要好玩。」

「那樣真是太好了。不過在外面苦苦等候的我倒是閒得發慌，輪胎還可能被野狗視為留下記號的目標呢。」

「那是什麼意思？」

「我是說被狗狗尿尿啊，就是這樣我才討厭狗，我還刻意發飆嚇嚇牠們呢！」

「咦？要是太大聲可是會被發現的喲？」

「安啦！我是在不會被人類聽到的情況下，在相當高的地方大聲說話的。」

「……那是什麼意思？」

「這解釋起來有點麻煩，改天再跟妳說。或許也可找某人告訴妳呢。」

「……漢密斯、師父、老師都知道好多事情哦。看來我不知道的事情還很多很多呢……」

「有什麼關係呢？以後慢慢學，慢慢學囉。」

「這樣啊……嗯，對了，明天跟後天我都要去上課，這次的課程一共要花上五天的時間才會全部

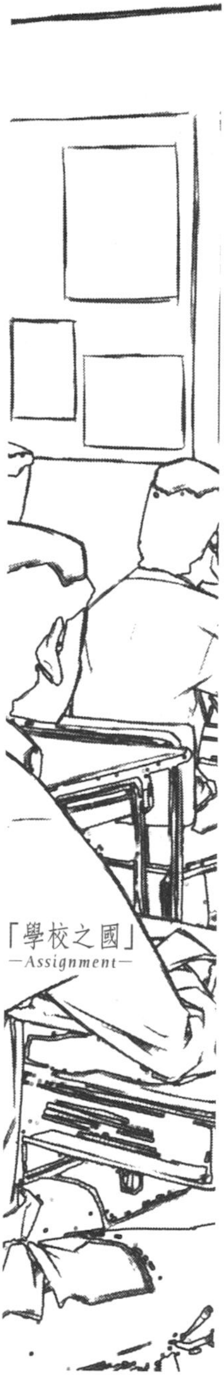

結束。」

「反正對我而言，四處跑來跑去比整天待在森林裡睡覺要好得多呢。」

「回去之後再跟師父報告今天學了什麼東西——對了，我又發現到一個師父很了不起的地方。」

「是什麼啊？」

「師父她只要是自己懂的事情都會教我，不懂的事情就會請懂的人來教我。所以師父非常清楚自己不懂什麼事情——我覺得那樣的她真的很了不起。」

「原來如此啊——只是沒想到在那個國家居然有教這種事情的學校，我真的感到有點震驚呢。不過奇諾——」

「嗯？」

「學習那個固然不錯，但實際上派得上用場嗎？」

「這個嘛……其實我也不知道呢。」

「什麼嘛！」

「不過，在開始學習認字的時候我也曾想過『這真的派得上用場嗎？』甚至是『與其學這種事情，我倒寧願跟大家在外面遊玩，把爬樹的技術練得更高竿』——可是現在就沒那種想法了。因為學會認字，就能夠閱讀有趣的書籍。現在也是一樣，我覺得現在學習的事情總有一天會在某個場合派上用場的。」

「原來如此，只是摩托車就算一輩子都不懂文字的寫法也無所謂呢。」

「……漢密斯，你覺得『摩托車的一生』是什麼樣子啊？」

「這蠻難解釋的耶。」

繼續奔馳的奇諾與漢密斯，在森林裡的交叉口拐了一次彎。

沿著這條路行駛一陣子，可以看到前方有一棟小木屋。森林的一側被開墾成農田，小木屋就獨自立在旁邊，煙囪正飄著裊裊炊煙。

奇諾從農田的前方通過，把漢密斯停在小木屋前面。不一會兒從屋裡走出一名老婆婆。

老婆婆身上圍著圍裙，體態纖細的她把銀色的長髮整個盤在後面，掛在腰際後方的槍套裡插了短槍管的左輪手槍。

「歡迎妳回來，奇諾。」

「我回來了，師父。」

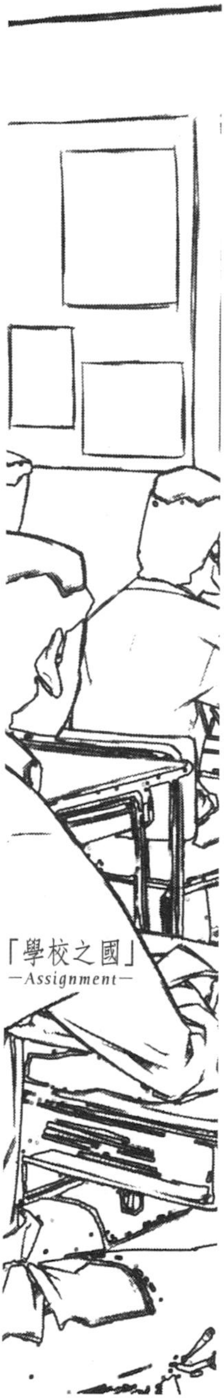

被稱為師父的老婆婆從小木屋的木製平臺處走到馬路上，並詢問奇諾是否使用過散彈。聽到奇諾說沒有，於是就說：

「那麼，妳還是照往常那樣去射擊農田裡的稻草人吧！」

「知道了！」

奇諾點點頭並發動漢密斯往前進，前進沒多遠就握緊後輪的煞車。如此一來車體不僅大大傾斜，後輪也打滑，車行方向有了一百八十度的轉變。

「準備出發囉，漢密斯。」

「請手下留情一點。」

奇諾騎著漢密斯往前進並猛然加速，再慢慢往上打檔。

在通過小木屋跟老婆婆前面的時候，奇諾把雙手放開。跨著利用慣性運動繼續行駛的漢密斯，奇諾把掛在身體前方的散彈說服者拿在手上並解除保險。

然後以稍微浮坐的姿勢，往左側瞄準。

在農田後面與森林交界之處，立了五個稻草人。利用剩餘木材製作的真人大小的稻草人，每個身上都像圍了圍裙似地掛著鐵板。

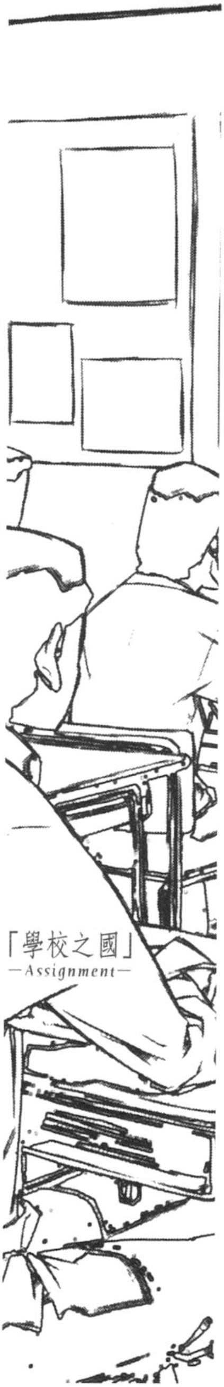

奇諾開槍了。

發射的九顆圓形散彈，以四處發射的方式命中稻草人，撞擊到鐵板的時候還發出尖銳的聲音及火花。

奇諾一面巧妙地避開強勁的後座力，一面讓左手如同幫浦般的迅速排出彈殼並連續開槍。連續不斷的槍聲響徹森林，連附近的鳥兒都嚇得振翅飛走。

在通過農田前面的時候，奇諾連續開五槍，那五個稻草人如果是人類，現在已經全被子彈打中致命的要害了。

等一通過農田之後，奇諾兩隻手立刻放回摩托車龍頭並煞車，再次迴轉改變行進方向。

她再次加速，一從右邊瞄準好目標，便扭轉說服者的皮背帶開槍。

剩餘的四顆子彈分別命中了四個稻草人。當她排出最後一顆彈殼時，路上一共散落了九顆散彈的彈殼。

老婆婆滿意地對慢慢回到她面前的奇諾說：

「不錯，妳槍法進步了呢！」

奇諾停下漢密斯，也把引擎熄火。立好側腳架之後下車。

「學校怎麼樣呢，奇諾？」

老婆婆問道。

「很好玩呢！」

奇諾立刻回答。

「好了，準備吃晚餐吧，今天吃的是燉香腸喲！」

目送著笑臉盈盈進屋裡的奇諾，漢密斯自言自語地說：

「沒什麼好羨慕的。」

隔天，也就是上學第二天的早上。

「啊～請入境。」

得到衛兵的許可之後，奇諾與漢密斯便通過城牆。

「是的。目前為止有什麼問題嗎？有沒有呢？那麼，各位同學已經完全記住最基本的事項了，老

師很高興在座的都是頭腦聰明的學生。咦?就算拍你們馬屁也沒用?老師是說真的喲。話說回來，你們是打哪兒學會那種話的?老師明明沒教過那種話啊——像奇諾同學學會的不僅跟各位同學一樣，甚至還更多呢。剛開始還擔心妳突然到新環境學習，會不會趕不上進度呢，看樣子老師得向奇諾同學道個歉才行，妳真的很優秀。」

「謝謝老師誇獎。」

「這個班級過去有十二名優秀的學生，從今天起變『十三名』了喔——咦?還是沒用?啊哈哈，這我當然知道——那麼今天的課就上到這裡。下次上課是在隔一天假日後的後天，在假日期間希望各位同學能把今天做過的步驟再溫習一遍，下次上課的內容將會有點複雜。那麼各位同學再見，回家的路上要小心哦——」

過了兩天後。

「嗨~妳來啦!」

得到衛兵的許可之後，奇諾與漢密斯便通過城牆。

「各位同學，製作東西最重要的並不在於手巧不巧，因為我們並不是在製造手錶。比手巧更重要，也是最重要的關鍵，就是從最初到最後都要仔細而『確實』地製造。『確實』製造出來的東西會反映出製造者的性格，並且『確實』運作。如果好不容易製作完成，最後卻派不上用場，那麼做了也是白做。原則上是不可以製造出那種東西的，但是如果是在課堂上就無所謂了。要是做得不是很順利，那就跟老師一起想想看究竟是哪個環節有錯。如果怎麼想都想不出來，老師會幫你找出問題的。如此一來，就可以在下次製造的時候避免重蹈覆轍了。因為是在學習，所以就算失敗了也無所謂，可是如果是正式的情況下就絕對不可以失敗了。那麼，讓我們一起檢查大家的成品吧——啊啊，這個不錯哦，做得非常棒——這個也不錯，完全照老師說的方法做呢——啊，這條繩索若沒有通過這邊會勾住喲，不過，除此之外都非常棒，等一下再修正吧——這個……嗯，很好——奇諾同學的……啊，有個小地方需要改正呢。這個部分不能從外觀就被看出來，要藏在這邊，然後連接縫也要一起隱藏起來。露出外面的，雖然只是這根繩索的線頭而已，不過還是一起藏起來吧——這樣就沒問題了。奇諾同學的只要經過修正也會變成很棒的成品喲，沒必要露出那麼擔心的表情，沒問題的啦！」

「老師，我有問題要問。」

「請說，奇諾同學。」

「是有關這條繩索的穿法，可以從上面穿嗎？」

「這個問題問得很好，那要視情況而定，關鍵是在於屆時要裝在身體的哪一邊。如果是裝在腹部，製造的時候就把繩索從上面穿過去。如果是背後的話就從下面穿過去。總之就是要跟身體相反，盡量設法不要被看見。至於今天嘛……大家就從上面穿過去吧，雖然會被看見，不過如此一來在作業上應該會比較簡單。」

「原來如此，這樣我就懂了。謝謝老師。」

「還有其他問題嗎？喔喔！大家都好積極哦，看來奇諾同學帶給大家很好的影響呢。」

「——結果得到老師的誇獎。」

「那很不錯呢，奇諾。」

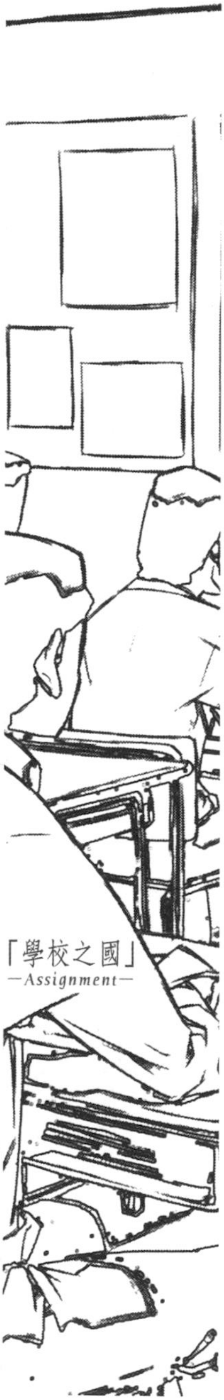

「明天我還要去，再上兩堂課就完成了！」

「真了不起耶，等妳完成之後要帶回來給我看哦！」

「好的。」

接下來的兩天，奇諾依舊騎著漢密斯上學。

「奇諾同學，妳很努力學習呢！」

奇諾得到老師的誇獎時——

「放馬過來吧！」

漢密斯正被狗吠叫。

「各位同學！我們的課程終於結束了！對老師來說，你們的努力是我的驕傲！」

奇諾目前正在她上了五天課的教室裡。這是間利用舊大樓改造而成的教室，水泥柱到處都是缺角，窗戶沒有玻璃，而是用木板充當。屋頂上面吊了許多沒有燈罩的電燈泡，光線有些昏暗。

而破破爛爛又有著明顯修補痕跡的桌椅，坐了連同奇諾在內的十三名少男少女。除了身穿白色襯衫的奇諾以外，其餘的少男少女都是穿著縫補痕跡明顯的破舊衣服。

所有人前面的桌子上都擺了一只小包包。

有的是皮製的，有的是布製的，有的是後背款，有的是肩背款，有的是手提款。各式包包的大小都是差不多足以裝下外出野餐時用的物品。外觀有點膨膨的，看得出來裡面有裝東西。那些看起來絕非高級物品，但都是製作仔細又充滿手工風格的包包。

像擺在奇諾面前的，是淡駝色的斜背包。它的裡面也好像是裝了大便當盒似地，外表看起來膨膨的。

「終於完成了呢！在沒有半個人落後的情況下，全體都做完了！老師已經沒有可以教你們的了！再來就是你們把那個包包帶回家，拿給你們的爸爸媽媽、哥哥姊姊，以及周遭的人們看吧！相信他們一定會很高興的！」

站在擺著縫紉機的講桌前面，把金髮綁在後面的美女老師頗自豪地說道，而學生們也露出滿臉的笑容。

「好了，如此一來老師就要跟各位說再見了，不過老師相信，你們接下來一定會完成了不起的任

務哦！」

這次老師的聲音得到肯定的回應。

「最後還有一件事，這跟授課內容毫無關係，不過我還是想告訴你們，也請你們聽我說。」

只見二十六隻眼睛盯著老師看，而老師也一一跟大家的眼神交會，然後——

「人生中……也就是為了能夠得到些什麼而最不可或缺的事情是什麼呢？老師個人認為是『信念』。『努力達成自己決定的或自己想做的事情之力量』——那才是人生中最重要的事情。大家往後將會依據那個信念去行動，屆時某人可能會說這種話：『那麼做真的正確嗎？』——可是大家千萬不可以動搖、不能改變心中的念頭，大家要朝著最終目標確實往前衝！老師過去曾在課堂上教過大家千萬不可以說謊對吧？不過接下來當大家前往外面的世界，依據信念而行動的時候——老師覺得你們大可以說謊沒關係，但是最重要的還是要相信自己的信念。為了它，就算是粉身碎骨也要戰鬥到底！」

老師激動到全身顫抖，最後綻開如花一般的笑容說：

「不過，老師知道，大家一定辦得到的——從今天起，各位同學畢業了，恭喜你們！」

奇諾把淡駝色的斜背包放進漢密斯後輪旁邊的箱子。

「我回來了，師父。」

她回到森林裡的小木屋。

「我完成了！師父！」

在玄關前，充滿鳥叫聲的紅色天空下，老婆婆看著奇諾的斜背包並檢查裡面的東西。

「原來如此，現在是使用這類材料，製作出這樣的組合啊。」

奇諾也拿給漢密斯看。

「這樣啊——這條繩索是用來拉的啊，原來如此。」

漢密斯也感到非常佩服。

隔天上午。

「那麼開始吧，奇諾，請妳把斜背包拿過來。」

「是的，師父，就在這裡。」

奇諾跟老婆婆把奇諾製作的那個東西仔細分解後，研究其中的構造。
然後——
「原來如此，真是讓我大開眼界呢。妳很努力學習哦，表現得真的很好，甚至還畫出詳細的構造圖，看來差不多該把它恢復原狀了。」
「好的！」
於是兩人又把它恢復成原來的樣子。

中午的時候。
兩人一車分成兩路進入距離住處不遠的森林裡。
奇諾把淡駝色的斜背包掛在樹幹的枝頭上，再拿另一條繩子綁住由斜背包垂放出來的繩索。
接著一面延長繩索一面躲在距離這裡相當遠，亦即老婆婆跟漢密斯所在的其他樹木後面。
「可以了嗎，師父？」
「可以了，隨時都可以拉了。」
「漢密斯呢？」
「我也ＯＫ喲！」

「那麼要開始了，希望一切都能順利！」

奇諾用力拉那條長繩索，當繩索在森林裡拉緊，緊接著就從斜背包中脫落。

接著「咻」地一聲，從斜背包冒出白煙約兩秒鐘。

然後，斜背包爆炸了。

裝置在裡面的高性能軍用炸藥引爆了。黏在炸藥四周的許多鐵釘往四面八方飛散，毫不留情地刺在附近的樹木表面。

爆炸熱浪在森林裡流竄，落葉也因此四處飛散。

至於原本掛著斜背包的樹木則因為爆炸威力而樹幹整個掀起，在上揚的黑煙消失的同時，也隨之倒在森林裡。

在森林裡隆隆作響，把鳥兒嚇得四處亂飛的爆炸聲，慢慢在空中消失。

「成功了！順利爆炸了呢！」

「太好了呢！」

老婆婆對開心的奇諾跟漢密斯說：

「這樣的話得跟老師報告一聲才行。明天再去一趟那個國家怎麼樣？而且我有東西要買，就麻煩妳順便幫個忙吧！」

隔天。

一大早就出門的奇諾跟漢密斯，一口氣狂飆很長一段距離，在接近正午的時候就通過那個國家的城門。

他們跟之前一樣朝這個大國裡的某個小鎮前進，然後到達那兒了。

正當奇諾前往林立著低矮大樓的城鎮中心，拐進平常停放漢密斯的後巷時——

「啊，學校……」

「哎呀呀？」

呈現在奇諾眼前的，是原本在馬路前方的「學校」大樓已經遭到破壞的情景。巨大的推土機就在變成瓦礫堆的大樓上面，把一切無情壓毀。

奇諾推著漢密斯走進後巷，來到那棟大樓的前方。

而大樓還圍了好幾名武裝警官。

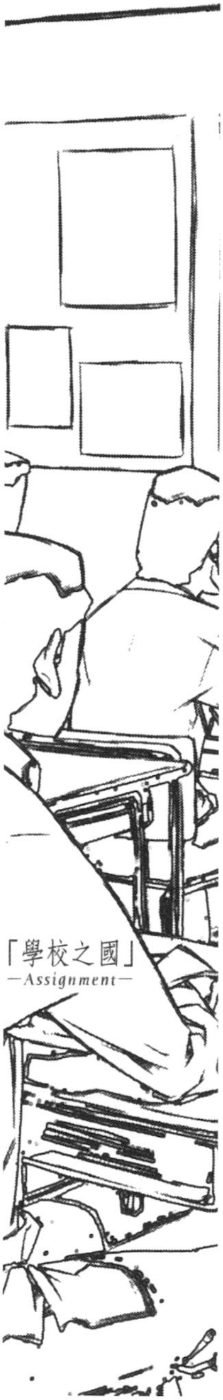

前方的大馬路上停了幾輛警車跟卡車，而鎮民們則表情憂鬱地站在拉起的警戒線後面，看著那副光景。

當鎮民們看到走過來的奇諾時，稍微露出開心的表情，但隨即又變回假裝不相干且沒有表情的面孔。

在發出破壞聲響的大樓前方，有一個年輕的金髮女子背對站著。

她被數名警官圍住，雙手背在後面以手銬銬住。她靜靜地看著被破壞的大樓。

「那個人，就是老師。」

奇諾小聲地告訴漢密斯。

「天哪，到底發生了什麼事啊？」

「要問嗎？」

奇諾推著漢密斯走到接近警戒線的地方，對站在那裡的一名年輕警官說：

「請問，發生了什麼事情啊？」

「嗯？啊啊，妳是外國人啊？我實在不想把話說得這麼難聽，但還是奉勸妳最好不要來這個小鎮哦。」

警官看到奇諾就說了這些話，也不管站在後面的其他鎮民是否聽得見，又繼續說：

「我們警方破獲了恐怖組織的其中一處大本營。這個有如堆滿垃圾的臭城鎮，竟然是那些恐怖份子的巢穴。那群只曉得用骯髒的暴力反對中央政府的人渣，就是從這種貧窮的城鎮壯大的。」

奇諾指著背對她的老師說：

「請問，那個被逮捕的漂亮女人是誰？」

「妳說那傢伙嗎？那傢伙啊，別看她長得那麼漂亮，其實跟恐怖份子是一伙的。」

「這樣啊——她做了什麼事被逮捕啊？」

漢密斯代替奇諾問道。

「是非常驚人的事情呢……」

警官咬牙切齒地唸唸有詞，然後回答它的問題。

「那傢伙利用這棟廢棄大樓開了一所『學校』。然後教著像妳這個年紀的少男少女如何製造高性能又具有隱蔽性的炸彈喲。」

「嗯——然後呢？」

「然後……是昨天發生的事情。那群少男少女以遠足的名義前往國家市中心的官廳區，然後……在人口密集的大樓及市場裡，利用攜帶的包包當人肉炸彈引爆。一共有十二名人員，全都是當人肉炸彈的恐怖份子喲。」

「怎麼會這樣？那些孩子都不怕死嗎？」

「我怎麼知道？他們都是在這座小鎮被恐怖份子們撫養長大的，誰曉得他們腦袋在想些什麼？恐怖主義是把死亡當成『信念』，根本是瘋了嘛！像這次的事件也一定是他們的父母或親戚、兄弟姊妹教的！結果造成超過一百多人死傷，兩百多人現在還嚇得發抖呢。那群混蛋恐怖份子！我們可是好不容易才鎖定那棟大樓，逮捕了那傢伙呢！」

「原來發生過這些事情啊！」

奇諾淡淡地回答。

「那傢伙等一下就會被處以死刑。因為要是把恐怖份子關進監獄裡，將會再發生要求解放他們的恐怖行動，所以上頭下令只要逮捕到就立刻槍殺。」

前方的大樓已經完全崩塌，變成一座瓦礫山，推土機的聲音也跟著消失。
被警官隊催促坐上停在斜後方的黑色卡車的老師，往鎮民所在的地方回頭。
她回頭的時候，跟站在那兒的奇諾眼神交接——
「…………」
她輕輕地微笑。

年輕警官一面看著同僚帶著恐怖份子從眼前走過，一面問奇諾：
「認識那傢伙嗎？」
奇諾用堅定到連老師都聽得到的聲音回答：
「不認識，怎麼可能認識呢？」

帶著心滿意足又安詳的微笑，老師被警官們推到黑色卡車前面。
她跟警官們一起走進沒有車窗的黑色卡車後車廂，從眾人的視野消失。
警官隊手裡拿著說服者戒備，不讓鎮民往前擠。
過了一會兒，只有警官回到馬路上。接著一名戴了黑色面罩的警官，從卡車駕駛座裡出現在靜靜守候的鎮民面前。他手裡還拿著一挺大口徑的步槍。

他繞到卡車後方，在步槍裡裝填一發大型子彈。

然後用站立的姿勢，朝敞開載貨台門的卡車裡面瞄準。

接著開槍了。

沉重的槍聲迴響在大樓之間，之後消失在空中。

「收隊！」

聽到命令的警官們各自登上警車及卡車。接著車隊就跟在載著推土機的大型拖車後面，離開了那座小鎮。

當跟在最後面的黑色卡車往前行駛的時候，一具屍體從後車廂被丟了出來。

臉部皮肉整個掀開且金髮沾滿血跡的屍體在空中迴旋，隨即落在馬路上，摔到地面的時候還發出某處骨頭斷掉的聲音。

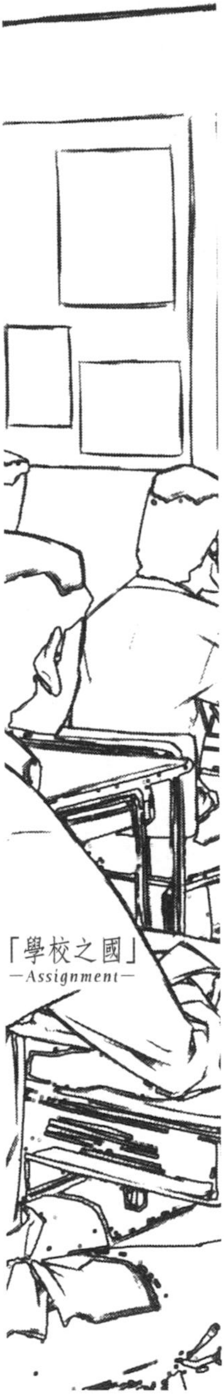

當車隊離去之後，居民們朝掉落在馬路的屍體簇擁而上。
他們輕輕扶起屍體並翻過來面向天空，讓她的雙手在胸前交叉，看著她失去的臉孔。
然後一起大聲喝采，眾人將她視為女英雄般發出歡喜的讚美。
而摩托車跟騎士的蹤影，早就從響徹歡呼聲的小鎮中消失不見。

第六話

「道路的故事」

—*Passage*—

第六話「道路的故事」
—Passage—

這裡是夏季的森林。

樹木及雜草蒼鬱茂盛的丘陵地帶，在寬廣大地上接連隆起，把世界染成綠色的。

天空飄著白雲，太陽把世界照得熱呼呼的。

在那處森林裡，一輛摩托車正氣喘吁吁地奔馳在其中的一條小徑。

這條森林小路既窄、路況又差。寬度大概只夠一輛車通過，至於路面不僅泥濘不堪還凹凸不平。因為上方被樹木的枝幹掩蔽，即使是早上也顯得很昏暗。

摩托車一會兒因為前輪在溝渠裡彈跳，一會兒因為後輪陷入泥沼而空轉，導致一路上就這麼龜速前進。就連點亮的大燈也跟著劇烈搖晃。

摩托車的後輪兩側裝有黑色的箱子，上面的載貨架綑著包包跟睡袋。至於車輪跟車身已經被泥巴濺得髒兮兮的。

騎士是個年輕人，年約十五、六歲。有一雙大眼睛跟精悍的臉孔。

她戴著有帽沿的帽子，往上收好的耳罩則是靠防風眼鏡的鬆緊帶壓住。至於防風眼鏡並沒有戴在眼睛上，而是架在帽子上頭。

她那被泥土濺髒的白色襯衫外面還罩了一件黑色背心，腰際則繫了粗皮帶。右腿的位置繫著槍套，其中插著掌中說服者。

「好爛的路……怎麼會有這麼糟糕的路……」

騎士喃喃說道。

「我被騙了……什麼『有一條棒到不合常理的路，小心別嚇到喲』……」

摩托車後輪再次因為道路泥濘打滑，騎士連忙抓穩摩托車龍頭。汗水從她的額頭滑下，落在摩托車的油箱上。

「加油，奇諾。妳看，再撐一會兒就穿過森林了喲。」

摩托車事不關己地說道。而就在行駛的道路前方，也就是目前所在的森林隧道前方，正閃著白色光芒。

叫做奇諾的騎士一面以稍微浮坐的姿勢拚命保持平衡，一面回答：

「可是漢密斯，你又無法──哎喲，保證通過那裡以後的路況會變好。」

「搞不好曬到陽光的乾燥路況會稍微好一點喲，要順便休息嗎？」

叫做漢密斯的摩托車說道。

「說的也是……難得有機會到這麼美麗的森林，倒是可以慢慢欣賞大自然的鬼斧神工呢……」

奇諾滿臉笑容地回答。

「看來妳真的氣昏頭了呢，奇諾。」

「天哪……這是……？」

站在路中央的奇諾喃喃說道。

「哇塞──嗯，這真的很棒呢！」

就連緊鄰在旁、用側腳架撐住的漢密斯，也跟著發出讚嘆。

呈現在他們眼前的是一條寬敞的道路。

那裡是被伐去林木、挖起樹根、地面一片平坦，就算迎面遇到大型卡車開過來，都能從容會車的大型道路。

穿過森林裡那條又細又糟的道路之後，奇諾跟漢密斯來到這條寬闊的道路。而漢密斯則在路面留下泥土的行走痕跡。

「這麼完美的道路如果出現在一國的領地裡是不足為奇，但這裡怎麼會有……？漢密斯，我不是在作夢吧？」

「放心啦，不過真的讓人很驚訝～我的確對這條路大吃一驚，看看這條路，用大道來形容都不為過呢！」

奇諾轉身環顧四周。

森林裡的道路沿著丘陵緩緩彎曲，然後上上下下地延伸到視野的盡頭。

奇諾一面橫越寬敞的道路一面觀察，還一度蹲下來摘掉手套觸碰又熱又燙的路面。

「這應該有用沉重的壓路機或什麼機器把泥土均勻壓平過，如此一來車輛就會比較好走了……」

「奇諾妳有發現到嗎？這裡的泥土好像有混過什麼東西才鋪設上去的喲，而且道路中央有點微微隆起呢！」

「嗯?為什麼?」

奇諾一面站起來一面問道。

「這樣下雨的時候，雨水就會往左右兩側流走。妳看道路兩旁，有沿著道路挖出來的水溝對吧?還有利用樹木把旁邊固定住的側溝。雨水會流進那道溝渠，再流進森林各個地方，那是為了防止路面被雨水經年累月的沖刷風化所做的設施。或許這條路的下方還設置了不少管道，這樣就能把從山丘流下來的水排到下面去囉!」

經過漢密斯的說明，奇諾再次發出感嘆。

「但是奇諾，這裡並不是某個國家的境內，所以我完全不懂，為什麼要費這麼多工夫造這麼棒的道路。」

「不過，對我來說可是幫了好大的忙呢!」

奇諾望著晴空大喊，回應漢密斯感到不解的想法。

接著，奇諾便從那條路往西前進。

路上隨處都可看到看板。

上面分別註明如果騎乘附有引擎的交通工具加速趕路需要多少時間，慢慢行駛需要多少時間，快馬加鞭需要多少時間，搭馬車需要多少時間，騎自行車需要多少時間，還有徒步行走的話需要多少時間，才能抵達位於前方的國家。

這條路緩緩穿過丘陵地帶，中間不時有緩升坡及緩降坡，像是無止境地往前延伸。類似側溝這等設備可以說是做到完美無缺的地步，至於一邊是懸崖的地方，還使用原木做成車輪擋以防止車輛翻落。

道路左右兩側的斜坡則利用原木做成木樁或柵欄，防止大雨導致的土石崩塌，另外還種植一些會穩穩往下紮根的草木。從那些草木生長的情形看來，約略可看出道路完成沒有幾天。

河川上架了一座理應在那兒的氣派大橋。那是利用造路所砍伐的樹木剩餘的段落組合而成的，橋身看起來似乎蠻堅固的。

旁邊還堆積了備用原木，當橋身破損的時候可拿來修補，還立了看板註明修繕的方法。

另外設了附有樓梯的步道，可以往下走到河川取水，還有可供露營的平坦廣場。

「真是盡善盡美！怎麼會有如此完美的道路呢！」

「道路的故事」
—Passage—

奇諾一面發出讚嘆，一面以高速騎著漢密斯順暢奔馳在空無一人的道路上。沾在車身的泥土逐漸乾掉，不時還掉在後方形成碎片。

然後，奇諾以在森林的泥濘道路的五倍速度奔馳在路上，等過了正午沒多久的時候，她終於看到城牆。

「哇塞，已經到了耶，而且正如看板上註明的時間呢。」

而道路則是筆直延伸到城門。

那裡是利用丘陵地帶的盆地建立的小巧雅緻的國家。

奇諾申請入境三天的要求也獲得了許可。

她一面辦理入境手續，一面跟衛兵聊那條道路有多麼好。

「那是貴國人民建造的嗎？」

「不是的。」

衛兵否定得很乾脆。

「關於那件事，與其讓我說明，倒不如直接問他們會比較快呢。」

「你說『他們』？那是指建造那條道路的團體嗎？」

「是的，旅行者妳運氣很好，他們剛好停留到今天為止喲，妳現在就去中央公園看看，那裡正在舉行慶典呢。」

入境之後的奇諾與漢密斯，沿著這個國家的大街前往衛兵所說的中央公園。

雖說是大街，但是一路上的左右兩側都是農田，道路的幅度不僅很窄，就連路況也相當糟糕，隨處可見水窪或深陷的胎痕。

「建造那條道路的，的確不是這個國家的人呢。」

漢密斯唸唸有詞地說道。

當他們一通過小木屋櫛比鱗次的住宅區，便看到前方的中央公園。

寬廣平坦的公園裡有著森林與草坪。

而那座公園裡有許多人。大概有上千人吧，有攤販、有音樂演奏，氣氛非常熱鬧。

奇諾在公園的入口處熄掉引擎，從那兒的步道把漢密斯推進去。

公園裡擺放了許多桌椅，可以讓人們坐在那兒用餐聊天。

那裡有兩群人。

一群似乎是這個國家的居民，大家都穿著一樣的格紋襯衫。這群人占全部的七成。

另一群人的風俗習慣一看就知道跟前面說的那群人不一樣，而且是穿著無袖襯衫，露出雙臂。他們不分男女老幼都曬得有點黑，粗壯的雙臂上隆起發達的肌肉，體格也非常健壯。

「嗯，他們就是『他們』嗎？」

漢密斯說道，奇諾也表示贊同。

看得出來這國家的居民正利用這場慶典在款待他們呢。居民們端著食物及飲料，拚命招呼他們盡情享用。

「話說回來，我肚子餓了呢。」

看著美味的肉類在眼前飄來晃去的奇諾喃喃說道。

「先別管妳的肚皮，快問問題！」

漢密斯被她打敗了。

當奇諾推著漢密斯走過去，就先跟身穿格紋服裝的人說話：

「妳好，我是今天才剛入境的。可以請教關於這個慶典及『他們』的事情嗎？」

「天哪！今天的賓客還真是絡繹不絕呢！」

被奇諾搭話的中年女人訝異地說。

「那麼我介紹妳給他們認識！跟我來吧！」

隨後帶著奇諾與漢密斯到他們一起坐的那一桌。然後把奇諾介紹給坐在那兒用餐，其中有兒童也有婦女的他們認識。

正值壯年，皮膚有點黝黑但體格健壯的男子說：

「喔喔！太好了！旅行者，如果還沒吃過午餐，要不要跟我們一起用餐呢？」

既然有美食當前，奇諾當然無法拒絕。她向在場所有人做自我介紹，用主腳架撐住漢密斯之後，就坐在他旁邊的椅子上。

然後她也真的照著這個國家的居民說的，把送上來的料理，像是烤全豬、鹿排、水煮玉米及豌豆湯等等，毫不客氣地大吃特吃了起來。

「來來來，不要客氣盡量吃哦！」

奇諾邊吃邊回答他們的問題，並告訴他們自己是騎著漢密斯從東方來的，在穿過狀況糟糕的森林道路之後看到一條很棒的道路，才因此得以比預定的時間提早抵達這個國家。

「那條路真的很棒喲！我真的太感動了！」

聽到漢密斯也這麼說，他們臉上露出靦腆的笑容。

這個國家的居民說：

「真的很棒吧！那是一條很讚的路，這樣就會有更多的旅行者與商人來這個國家。只要交流與交易變頻繁，這個國家或許就會更進步，國家會更繁榮，人口隨之增加……夢想也會更壯大喲！——這些全都是託你們的福，真的非常感謝你們！」

接著大家異口同聲地讚許他們。

吃完東西擦乾淨嘴巴之後，奇諾邊喝端上來的茶邊詢問他們：

「請問你們是一邊遷徙一邊造路嗎？」

「是的。」

自稱是隊長的壯年男子答道。

「我們一面造路一面遷徙，就像沙漠商隊一樣，跟現在的二百九十七名伙伴們，共同過著四處飄盪的生活。」

男子指著遠處的場所，只見公園外面有他們使用的馬車及大型帳篷。

馬車載著木製起重機，看得出來能夠進行相當程度的土木工程。除了漂亮的篷頂馬車之外，還有使用重石的壓路機，用來爬高的整綑繩索，以及許多鏟子及斧頭，甚至還有當做糧食而一起移動的家畜。

「擁有那麼大量的物品及人員的遷徙團體還真罕見呢。」

漢密斯佩服地說道。

「我也是頭一次聽說。」

奇諾說道，男子又繼續說：

「我們盡可能把連繫國家的道路，改良到無論任何馬車或車輛都能夠通行。我們沿途造路並跟著移動，然後繼續前進。我們的人生幾乎都是過著遷徙的生活呢。三餐大多是靠狩獵及採集來的，牛奶是從家畜身上擠來的，有時候是取用牠們的肉。」

「原來如此，你們就是用那種方式一面建造我先前走過的那條路，一面來到這個國家是吧？」
「是的，那大約是十天前的事情。這個國家的人非常親切，不僅允許我們長期駐留在這座公園，還承蒙他們的盛情讓我們得到充分的休息，最後還藉由這個慶典款待我們。」
聽到男子感謝的言詞，居民反而不好意思地說：
「千萬別這麼說！跟那條道路比起來，這點代價顯得很便宜呢。」
「這麼說，各位不是受到居民的委託，也不是為了賺取報酬而造路的囉？」
奇諾問道，男子點點頭說：
「因為我們把造路當做活著的意義，或許形容我們是『擅自』造路會比較正確呢。有時候還會被情勢緊張的國家厭惡喲，說『這樣會方便敵軍進攻』。這時候就會請他們告訴我們哪些是適合防衛的場所，我們會建造圍牆以示歉意。」
「這樣的行為你們已經持續多久了呢？」
「一直以來都是這樣的喲。」
聽到對方立刻回答，奇諾反問：
「所謂的『一直以來』是指？」
「從我出生的時候就一直是這樣呢。」

「…………那麼你們沒有國家囉？」

「是的，我們已經沒有國家了——根據紀錄所示，這樣的行為好像從我的前五代就開始了。我們是由一群亡國者分成好幾個集團行動的，大家一起放棄國家，踏上造路的旅程。從此以後我們一面生育孩子，一面在其他國家或荒野接收新的伙伴，就這樣不斷不斷地持續這趟旅程。相信其他的幾個集團也正在某處努力造路呢。」

「那麼……為什麼？為什麼要做這樣的事呢？」

男子聽到奇諾的問題笑著回答說：

「當然是，希望能幫這世界上所有人的忙囉！」

隔天。

奇諾在黎明的時候起床。

做了點輕度運動之後，奇諾拿著一把名叫「卡農」的左輪手槍進行拔槍練習，再把它分解清

潔。接著她就去沖澡、換衣服。

當她拉開住宿的便宜旅館的窗簾時，看見微亮的天空之中，位於街道前方的中央公園。

「…………」

奇諾從包包拿出狙擊用的瞄準鏡窺視中央公園。

在十字線的圓形視野裡，映著正在進行帳篷拆除作業的人們。

「怎麼樣？」

停放在房間角落的漢密斯突然問她。

「正如他們所說的，他們今天早上就要離開這個國家，大家正熟練地收拾東西呢！」

奇諾邊看邊回答。

「有什麼事情讓妳感到在意嗎，奇諾？」

「昨天我不是問了那些人『為什麼』嗎？」

「妳是問了。」

「結果那個人回答我『希望能幫人們的忙』。」

「他是這麼回答。」

「我怎樣都無法相信，怎麼可能在不求回報的情形下持續這樣的行為幾百年呢？」

「嗯——那妳打算怎麼做？」

「那些人接下來要一面造路一面往西前進——」

「原來如此，這樣就算妳後天出境也立刻追得上。」

「我打算到時候再問一次，或許他們有什麼無法在人家的國家裡回答的苦衷呢。」

「要是能順利問出來就好了。」

「凡事總是要試試啊——對了漢密斯。」

「什麼事？」

「既然你早上爬得起來，下次就自己醒來吧！這樣我就不必為了敲醒你而累得要命了。」

「妳知道嗎，奇諾？」

「知道什麼？」

「路不是只有一條喲！」

「不，我不懂你的意思。」

於是奇諾跟漢密斯在那個國家停留了兩天。

她把能賣的東西都賣掉了，並購買必需的物品，再幫漢密斯補充燃料。

在路上遇見的人們異口同聲地讚揚那群造路的人們。

「實在很了不起吧，除了擁有那麼高竿的造路技術之外，他們竟然還免費為世上的人們做這種事情！」

「能夠在工作中找到生存的意義，真的很棒喲！」

「我看大家的眼神都閃閃發亮呢，他們是一群勇敢又好心腸的人呢！」

到了入境第三天的傍晚，奇諾與漢密斯從西城門出境。

那裡有一條剛完成的完美道路，一直延伸到森林的山丘，不過看不見他們的蹤影。

在出境的時候人們拜託奇諾說：

「妳應該會在路上遇到他們，希望能幫我們再次向他們道謝，說我們真的很感謝他們。」

手中拿了一大袋東西的人們還說：

「方便的話可以請妳把這個一起帶走嗎？裡面是今天剛出爐的麵包，希望能在明天送到他們手上。不過在那之前奇諾可以拿來當三餐吃也沒關係哦。」

「知道了。」

奇諾答應他們之後就硬是把袋子綁在睡袋的左右、上方，然後騎上還沒有人走過的道路。

她沒有騎多遠，在幾乎還看得見城堡的位置停下來。

「反正很快就會追上他們，不吃白不吃呢。」

奇諾之後便進入森林，找個適當的位置架起帳篷。

當天的晚餐是麵包。

隔天。

奇諾在黎明的時候起床，把帳篷收好之後就只喝了茶而已。

然後把漢密斯敲醒，還沒等日出就繼續上路。

她後來在只繞過山丘一圈的地方就追上他們了。

「這真是，了不起……」

「感想同上。」

那裡是道路施工現場。

呈現在奇諾眼前的，是在剛造好的道路上面排列了許多帳篷，那裡有婦女及兒童正在準備早餐的景象。家畜則在附近用柵欄圍起來，旁邊還停著移動用的馬車。

前方是放了起重機的工程用馬車，砍倒的木材則整齊堆放在隔壁。

至於更遠的地方就沒有路了。四周只有被砍倒的樹木、還留著樹幹的斷木、甚至可以看到半乾的土，接著更前方是一整片的森林。

男人們倒是已經開始工作了。他們結實的身體正流著汗，一面移動木頭一面挖根，或者拖著用來壓緊泥土的壓路機，或者挖側溝。手上拿著疑似設計圖的板子，七嘴八舌地討論應該要造什麼樣的路。

「想不到這種地方，竟然能闢出道路啊……」

奇諾如此說道，然後停下漢密斯並熄掉引擎，看到她的那些孩子們開心地衝過來。

她扛起稍微變輕的布袋，並走近婦女們說道：

「早安，終於追到你們了，那個國家的人們託我把麵包帶過來。」

聽到對方道謝的奇諾，接著被邀請一起享用早餐。看著立刻答應了還道謝的奇諾，漢密斯喃喃說道：

「算得真精！」

吃完早餐之後。

奇諾推著漢密斯走近邊曬著來自東方森林上空的陽光，邊坐在離眾人有點遠的斷木上喝茶的昨日那名男子，並且對他說：

「對了——」

男子只是揚起嘴角笑著。

「妳想問『我們造路的真正理由』對吧？」

他突然斬釘截鐵地這麼說，然後奇諾冷靜地回答：

「是的，我猜想你們可能無法在那個國家說出真相。」

「了不起！奇諾妳真的很厲害，不僅有膽識也充滿知性，真的很不錯，不愧是旅行者。跟那個國家的人們截然不同，我很欣賞妳哦！」

男子用拿著馬克杯的手伸出食指指著奇諾，然後把剩餘的茶一口喝盡。

「也不禁讓我想回應妳那富有理智的好奇心呢！」

「喔，那你願意告訴我們嗎？」

用側腳架撐著的漢密斯問道，男子回答「當然願意」，然後請奇諾坐在旁邊的斷木上。奇諾向他道謝之後便坐下來。

「我可以告訴你們，但妳不能告訴那個國家的居民，不過就算告訴他們，你們應該也得不到什麼利益，派不上什麼用場啦！」

男子開口說完那些話之後又繼續說：

「其實真正的目的——我們……我們這群伙伴之所以持續造路的理由，縱使那的確可以說是我們生存的意義——不過其實是——」

「嗯！嗯！」「是什麼？」

對於漢密斯跟奇諾的反應，男子一臉正經八百地回答：

「為了要讓這世界的所有人類滅亡。」

這時候有鎚打聲開始響起。

用過早餐的男人們，和婦女及孩童一起開始出力造路。

聽著那些聲音的男子笑著對奇諾這麼說：

「很了不起吧？」

然後又暗示地說「明白了嗎？」

「所有人類的滅亡，是嗎……那跟我沒有關係。」

奇諾坦白說道。

「那我就跟妳說明我們祖先蘊釀已久的偉大計劃。」

男子誇大地說道。

「啪！啪！啪！」

漢密斯無法真正拍手，只好用言詞代替。

「先講講我國的故事吧。那是個連我都從未見過、現在已經不存在的國家——當時國家好像很貧窮，每到冬天就有人死去，而且出生的孩子大概有八成都無法生存。在那種國家生活，會連夢想跟希望都隨之消失，於是我的祖先們便開始厭世並詛咒這個世界，他們不懂為什麼會遇到這麼過分的人生。」

「因此就變得憎恨世界？」

奇諾問道。

「沒錯。他們怨恨全世界，怨恨所有的人類，覺得再也不需要這種爛世界。可是生活中只有恨只會帶來空虛的悲傷，於是我的祖先們拋棄了只有怨恨的人生。他們用盡所有力量對這個世界展開報復，決定要毀滅這個世界。」

「然後呢？然後呢？」

「於是我們祖先開始思考該怎麼做才能毀滅住在這世上的所有人類。大家一定會馬上想到利用武力展開虐殺吧？不過他們馬上就知道那是行不通的。因為必須動用到一定的力量——想要毀滅世界的話，這種力量是必要的。但是既然自己沒有力量，只要善用別人的力量就可以了。」

「嗯！嗯！」「結果呢？」

「然後答案就出來了，是既天才又惡魔的靈光一閃。他們想到可以從毀滅的對象借用力量的可怕

計劃，然後開始造路的行動。」

「嗯嗯？」「好像還沒連上耶。」

「從這裡開始才是重點。首先我們祖先想到為了要毀滅這世上的人類，就是『只要讓這個世界變得人類無法居住就行了』。」

「那倒是很容易懂。」「原來如此。」

「而人類無法居住的場所又是什麼樣呢？」

男子在這時候出謎題詢問。

「像是荒地啦。」

漢密斯答道，奇諾也說出幾乎相同的答案。

「這個嘛——像是沒有水也沒有食物的場所也算吧？我倒是遇過那樣的場所好幾次呢。」

男子點點頭說：

「沒錯，現在這裡有綠地也有水。大自然能孕育動物，水能孕育雜草，是個適合生存的場所。如此一來，只要破壞這種『適合生存的場所』就行了。不，只要讓它被破壞就行了，利用人類的力量，利用許多人類的力量。」

「啊──我慢慢有點懂了呢！」

漢密斯說道，男子又繼續說：

「假設一座小島上住了十個人，島上也有足夠維持那十個人生活的食物及飲水的分量，但是，如果一旦變成十五個人，會怎麼樣呢？」

「某人會沒有東西吃。」

奇諾答道。

「沒錯，這個道理跟這個世界一樣。一旦人類增加到超過足以生存的容量，就會開始消滅。為了讓現在的世界增加人口，你們說應該怎麼做呢？」

奇諾回答：

「變得富裕。」

「一點也沒錯。只要讓人，或是讓聚集許多人的國家變富裕就可以了。人會增加，而消費的食物也會增加。如果增加農田的開墾，那麼當然不會那麼簡單就被毀滅。但總有一天，極限一定會到來，到時連耕作用的土地及飲水都會不敷使用。」

「於是就，造路是嗎……」

「是的，我們建造道路，藉以連繫各個國家。接下來你們知道會怎麼樣嗎？那個國家的居民不是非常開心嗎？因為國與國之間的交流會變頻繁，國家也會變得富強。也就是說人口會因此增加，國土也跟著擴展，然後會越來越繁榮。」

「你們的目標就是要不斷增加那樣的國家對吧？」

「是的。把這世上的國家全都連繫在一塊就是我們的目的。完美的道路可以促進人與人之間的關係，還可以運輸各式物品互通有無。如此一來人類就會持續繁榮，原本的大自然就會被那些國家慢慢吞噬。人類會無止境地繁殖，最後把這個世界吃乾抹盡。就算中間突然有哪個聰明人發現這點也沒有用，因為人類是喜歡輕鬆過活的生物，一旦嚐到方便的好處是絕對無法放棄的，而那些還沒嚐到這種好處的人就會羨慕而設法想要那種好處。至於聰明人既無法說服所有人類，更無法讓他們屈服——就這樣，世界將會慢慢而確實地產生不可抗拒的變化。」

「關於人類的『好逸惡勞』那點，我可以保證喲。摩托車說的話絕不會有錯的。」

漢密斯說道，奇諾歪著頭說：

「為什麼『摩托車說的話絕不會有錯』？」

「奇諾，不是有一句話說『旁觀者清』嗎？」

奇諾再次不解地歪著頭。

「…………對不起，漢密斯，我不懂你真正的意思。」

「沒錯！你的意思是第三者比當事人還了解事情的真相。」

男子等奇諾跟漢密斯的對話結束之後說道。

「足以讓世界進展到滅亡的更重要也更必要的『事物』——那就是道路。道路正是用來毀滅人類而產生的最棒最強之發明。因此我們造路，並且利用沒發現這件事的人們的力量，讓這個世界遲早有一天被毀滅。」

「原來如此……總之我目前已經理解這項宏偉的計劃了。」

「不過你們還真有耐心呢，究竟還要花多少時間呢？」

男子坦白回答漢密斯的問題。

「其實我們也不知道。或許還要幾千年？甚至幾萬年？不管怎麼樣，到那時應該都在我跟奇諾死了之後吧。」

「…………」

奇諾沉默不語地等男子說下一句話。

「不過，也是有出乎我們意料的開心狀況呢。」

「是嗎？」

「也就是創造人類『歡樂』的科學技術正急速發展著，像漢密斯這種靠動力行駛的交通工具，就現在來說並不稀奇。在我們停留的國家還可以看到藉由機器建造大型建築物的技術。那麼『方便』的科學加快了人類發展的速度。像巴士及卡車就能做到比馬車還要快速及大量的運輸工作。大型建築物能夠增加人類居住的場所，所以應該能支撐爆炸性的人口到最大極限吧！」

「的確沒錯。要是全體人類像奇諾這樣騎著摩托車代步，燃料鐵定不敷使用呢！」

「對吧？排放的廢氣不僅會污染空氣，甚至會遮蔽太陽，連花草樹木都可能無法成長呢！」

「其他還有就是二氧化碳是造成溫室效應的氣體，一旦大量釋出的話就會促使整個星球急速暖化。氣候不僅會急遽變化，融解的冰塊還會造成海面上升喲。這會波及到原本居住在沿海地區的人們呢。」

漢密斯開心地說道。

「這話是什麼意思?」

奇諾第三度不解地歪著頭。

「我有點聽不懂你講的話耶。」

男子也再次這麼說。

「無所謂啦,但至少對大叔們的計劃有幫助。」

「那真的很棒呢——你們應該有看到那個國家的人們開心的模樣吧?看到那些人無憂無慮,還開心款待我們的表情。」

「是啊。」

「他們完全沒有發現我們為了奪走他們的未來,為了毀滅他們而拚命做的事情。當然啦,現在還活著的人們並不會面臨那種滅亡的命運,反而能享受輕鬆又美好的生活。他們並不知道那份喜悅、那份力量將破壞自己的未來……」

看著男子可怕的笑臉,漢密斯說:

「瞧你開心的。」

男子露出白牙並坦率地笑出來。

「那當然！我當然開心！光是像這樣造路，就讓我興奮不已呢！而且好不容易離開那個濫好人國家，我更是快樂得不得了呢！人生真是太美好了！」

「奇諾要通過了，大家讓出一條路來吧！」

男子響亮的聲音傳遍施工現場，大家紛紛停下手邊的工作。

奇諾在施工現場慢慢騎著漢密斯。

「各位，謝謝你們招待我吃早餐，那我們就此告別了。」

「各位，你們好努力哦——這是一條很棒的道路喲！」

漢密斯發出聲音說道。

最後就在他們全體人員面帶笑容的目送下，奇諾他們離開施工現場，接著進入原本就位在前方的森林小道。

然後沒走多久就停了下來。

「真是的！」

奇諾氣得大罵。在森林中昏暗的道路裡，漢密斯的後輪卡在微暗又濕濘的泥土裡並不斷空轉。

「好了好了——妳已經夠努力了哦——」

漢密斯事不關己地說道。

「好爛的路哦！」

奇諾拚命前後搖動漢密斯，再微微調整油門之後才好不容易從泥沼中解脫。

「哇！」

當她再次慢慢往前行駛時，這次換前輪幾乎打滑。奇諾拚命伸腳平衡，總算是讓漢密斯避開倒地的惡運。然後她嘆了好大一口氣。

漢密斯抬頭仰望才行駛短短的距離就累得滿頭大汗的奇諾並詢問：

「妳在等待他們的成果嗎？」

奇諾一面瞪著糟透的路況，一面回答：

「我沒那個閒工夫——我終究只是個人類呢。」

「很好，那麼我們繼續努力吧！」

「好！」

奇諾吆喝一聲，然後再次往前行駛。

森林裡隨即響起漢密斯的聲音，跟嘈雜的排氣管聲。

第七話

「戰鬥者的故事」

—*Reasonable*—

第七話「戰鬥者的故事」
—Reasonable—

一輛摩托車正奔馳在春天的森林裡。

這片平坦且開始萌出新綠的廣大森林裡有一條道路，這條黑色泥土路大約有一輛卡車的寬度。

那是後輪左右兩側附有黑色箱子，上頭還綁了包包跟睡袋的摩托車，銀色的油箱反射著霧霧的朝陽。

騎士是一名年輕人，年約十五、六歲，戴著附有帽沿及耳罩的帽子，還有顏色斑駁的銀框防風眼鏡。

那人身穿黑色夾克，腰際繫著粗皮帶。腰後掛了一把自動式的掌中說服者，右腿的位置掛著槍套，裡頭插有一把大口徑左輪手槍。

透過重重疊疊枝葉的縫隙，依稀可看到道路上方的藍天，一片片純白的雲朵飄浮在高高的位置。摩托車在涼風的吹拂下悠閒地前進。

「好悠閒哦，奇諾。」

摩托車說道。

「好悠閒呢，漢密斯。」

叫做奇諾的騎士回答。

奇諾持續打低檔，在幾乎沒有加油門的情況下慢慢行駛在堅硬又好走的路上。

過了一陣子，在毫無改變的景色中，叫做漢密斯的摩托車突然這麼說：

「在這空蕩蕩的森林裡……」

「要是突然冒出什麼人，無論是對方或我們都鐵定會大吃一驚呢。」

「……」

奇諾剎那間瞇起防風眼鏡後的眼睛。

「簡直是對政權的畏懼一樣。」

漢密斯說了這句話，但奇諾並沒有理會，然後問：

「幾個人？大概有多少？」

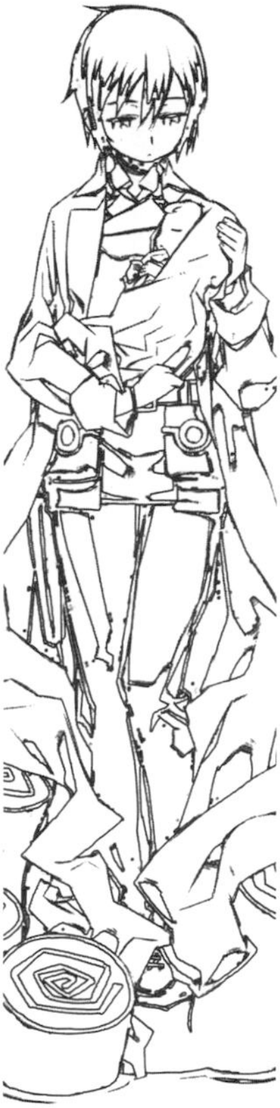

「戰鬥者的故事」
—Reasonable—

漢密斯回答：

「距離還蠻遠的，人數可能相當多，大概有十個人左右吧。」

「知道了——等見到面再說吧。」

奇諾說完便用力加速前進。

這時候樹木從左右流逝的速度變快，幾乎到無法辨別形體的程度。跑了一陣子之後，從奇諾的視線中也看到了人影。她看見前方有一群用力揮手的男人。

「真難得呢。」

漢密斯喃喃說道。

奇諾慢慢減緩速度，並把漢密斯停在他們面前。

那群男人大約有十人左右，有的坐在路旁，有的靠在森林的樹幹旁。

年齡層大概是二十幾歲到五十歲，個個有著結實的體魄。穿著適合野外活動的夾克及背心，腳底跟手肘都相當髒。他們理所當然地帶著武器，背著栓式（Bolt Action）步槍或是左輪手槍，行李則是大型的後背包。

他們表情都很沉穩，沒有人拔出說服者。其中一名年約四十歲的鬍鬚男和和氣氣地對奇諾他們說話。

「嗨，妳是旅行者吧？抱歉中途把妳攔了下來，我們有點事情想請教。不會花費妳太多時間的，可以嗎？」

奇諾沒有關掉漢密斯的引擎說：

「什麼事呢？如果是我知道的事情，儘管問沒關係。」

「謝謝妳。我們正在旅行，希望妳能告訴我們目前距離最近的國家有多遠，我們進入森林之後就搞不清楚了。」

奇諾平靜而坦白地回答男子的問題。

「從我們過來的方向會比較近，因為我們是昨天傍晚出境的。況且車子的傳動裝置也有點問題，我們是慢慢騎過來的。」

「對不起啦。」

漢密斯再次喃喃說道，奇諾繼續說：

「然後我們要去的目的地，也就是位於西方的國家，大概還要再花三天的時間。」

「戰鬥者的故事」
—Reasonable—

「謝謝妳這麼詳細的回答，那我們就往東去好了。謝謝妳，妳幫了我們好大的忙呢。」

「不客氣，那我們告辭了。」

奇諾說完就穿過對她揮手說「再見」的那群男人中間。當她再次回頭時，看見原本坐著的那些男人已經站起來開始往前走。

奇諾一度加速之後又立刻減速。她把漢密斯靠在道路右側，停在樹林之間然後熄掉引擎。

「傷腦筋……」

奇諾邊嘆氣邊從漢密斯身上下來，再直接把漢密斯靠在粗樹旁。她迅速解開後方載貨架上的行李橡皮繩，再把睡袋直接擺在草原上。

奇諾把包包擺在載貨架上直接打開。

放在裡面的並不是衣服等旅行用品，而是一台無線電。是一台把包包塞得滿滿的大型無線電。

奇諾按下主開關，並拉長原本收起的天線。她把防風眼鏡掛在脖子處，把耳機貼在一邊耳朵上，並取出靠電線連接無線電的麥克風。

然後她按下通話鍵。

「『帽子』呼叫『車篷』——聽得見我說話嗎？」

這是兩天前的事情。

在停留第二天的國家裡，奇諾在住宿的廉價旅館中跟一群訪客見面。

這群訪客分別是八名二十幾歲到五十幾歲的男子，以及一名大約二十歲左右的年輕女子，而那名女子懷裡抱著一個小嬰兒。

這群訪客委託奇諾保護他們到下一個國家。

他們是基於某個原因而捨棄國家的流浪者，駕著一輛卡車四處旅行。原本想移民到這個國家卻遭到拒絕，加上允許停留的期限已到，所以他們預定在明天前往位於西方的國家。

可是在介於兩國之間的廣大森林裡，據說有山賊會頻繁出沒攻擊商人。他們埋伏在唯一的道路，威脅要把一半的行李當做「收穫」帶走，如果拒絕就毫不留情把所有人殺掉。

他們從這個國家的居民口中得知這件事之後，感到非常困擾。

雖然他們也有說服者的武裝配備，但還沒習慣用來與人爭鬥，萬一財產被奪去一半，將會涉及

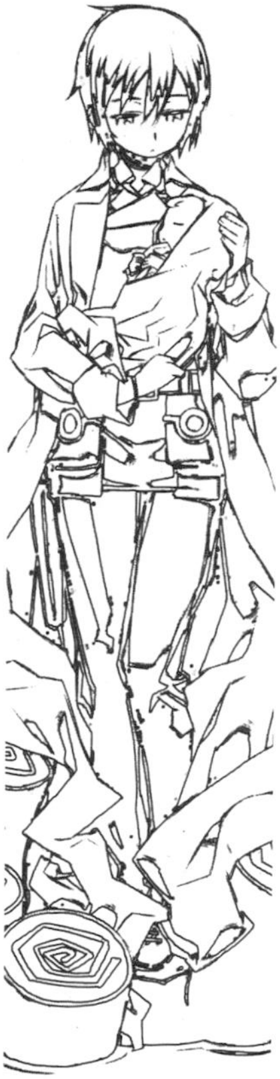

到他們的生存問題。他們在那個國家裡四處尋找適當的護衛，姑且撇開維護國家治安的人不談，其他人都因為不打算出境而只得作罷。

結果他們抱著死馬當活馬醫的心態，把最後一絲的希望寄託在碰巧入境的奇諾身上，認為她既然是個旅行者，應該有相當不錯的本事。

「請恕我無禮，奇諾她很強喲。」

摩托車可以走在卡車前面，只要發現任何可疑人物或陷阱就可以向他們報告。

就這樣，奇諾為了作戰，向他們借來貴重的無線電用來連絡，然後把塞不進包包的衣物等等行李寄放在卡車上。

至於擊退山賊的酬勞——

「這是目前我們所能支付的最大金額了。」

就很可能豁出性命的危險性來說，那酬勞並不算很高。

「不過決定權還是在奇諾啦！」

聽過提案的奇諾相當煩惱，但最後還是接受了那個委託。

當他們離開房間之後，漢密斯詢問她接受這項任務的理由。

「或許是因為，嬰兒很可愛吧？」

奇諾答道。

森林裡——

關掉無線電開關的奇諾，拿出貼在包包上蓋的步槍。

她手法熟練地組合分開成前後兩個部分的步槍。那是一把自動連射式，也能拿來狙擊的步槍。

奇諾稱這個為「長笛」。

「果真是他們嗎？」

「恐怕就是呢。」

奇諾取出裝有預備彈匣的肩背布袋，把裝有九發子彈的彈匣扣進「長笛」裡，並裝填好第一發子彈。

她合上包包並且把睡袋綑緊。

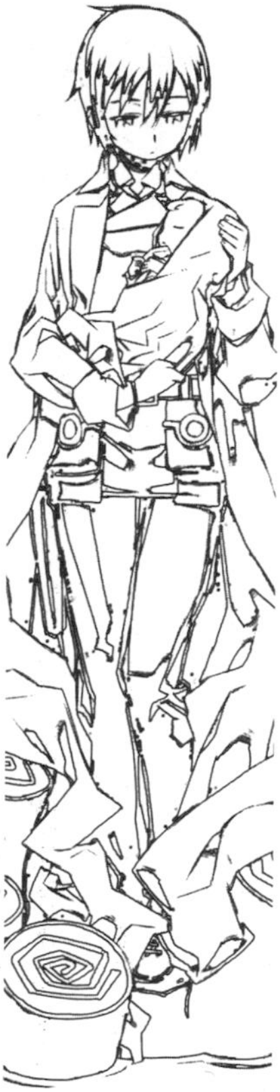

「戰鬥者的故事」
—Reasonable—

「我馬上回來。」

「了解！」

奇諾對漢密斯說完話，便用小跑步的方式跑進道路旁邊的森林。

一面撥開綠色枝葉一面前進的奇諾，在距離那些男人約三百公尺的位置停了下來。她把裝在「長笛」右側的長形圓筒拆下來，慢慢轉進槍管前端。

「那麼……」

奇諾由森林前往道路，而且放低姿勢趴在地上。她再次回頭確認後面沒有人之後，就用「長笛」瞄準道路前方，並用瞄準鏡窺視。

透過畫有十字線的圓形視野，在夾著一條道路的森林裡，她看見那群男人的背影。

「果然是山賊啊……」

那群男人把後背包全都放了下來，手上則拿著步槍，其中還有手持附有握把的手榴彈。他們埋伏在那兒等待可能靠近的卡車。

奇諾一面跟隨瞄準的目標移動「長笛」，一面數那群男人的人數。比剛才多兩個人，確認一共是十二個人。

那群男人躲在樹幹後面。同時，在道路前方隱約可以看到卡車渺小的車頂。那是一輛引擎蓋往前突出的棕色中型卡車，載貨台上架著綠色車篷。在保險桿前方還按照奇諾的指示，綁了一根橫擺的原木。

卡車盡可能占領了整個道路的寬度，車身一面受到覆蓋的枝葉磨擦，一面用緩慢的速度行駛。

從卡車的方向雖然看不見，但奇諾卻清楚看見那群躲起來的襲擊者們。

「請不要怨我喲……」

奇諾一面唸唸有詞一面吐著氣，把瞄準鏡裡的十字線對準拿著手榴彈的男子頭部。

奇諾稍微偏離目標地射擊。

圓筒裡的槍聲被壓低，子彈朝那名男子飛去。

子彈毫髮不差地命中男子的手臂邊緣，也讓他的皮肉爆開。

「哇！」

手榴彈從他的手裡落下，滾落在森林裡。因為保險還沒拔開，所以沒有爆炸。

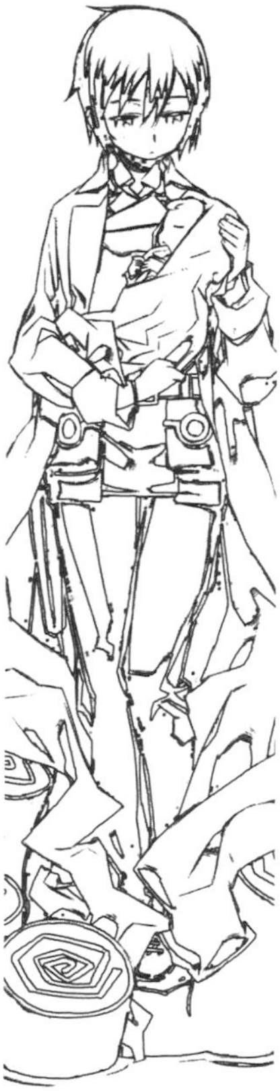

「戰鬥者的故事」
—Reasonable—

奇諾接下來開槍射擊反應極佳、第一個回頭看的男子的腳，她穩穩瞄準他大腿邊緣沒有骨頭及粗血管的位置，當然結果也是命中了。

看到在地上痛苦打滾的伙伴，男子們紛紛隱身進森林裡。奇諾射擊另一名逃得比較慢的男子的腳，讓他整個人往前倒。

人影從道路旁邊消失，奇諾瞄準的人不見了。卡車也悠然地通過那個場所。

「好極了！」

奇諾一站起來就用快過行走一倍的速度穿過森林，趁卡車追上以前回到漢密斯那裡。她背著「長笛」，迅速地跨上漢密斯。

「歡迎妳回來。」

「我射中三個人，他們要追蹤的話應該會很困難。」

奇諾邊說邊踢腳踩發動軸發動引擎。

「來了喲，奇諾。」

卡車一面加速一面駛了過來，從奇諾的眼前通過。奇諾一度確認道路東側，並確認還沒看到追兵的蹤跡，接著就騎著漢密斯從後面追著卡車。

他們立刻就追上的卡車載貨台上有兩名男子緊張地繃著臉，隨時準備抓起卡在防禦用鐵板凹陷處的步槍。他們穿著一樣的服裝，黑色立領襯衫及寬鬆的長褲。
其中一人對著奇諾喊：
「成、成功了！那些傢伙並沒有追過來！」
「別管那些，總之快逃吧！」
奇諾邊追邊回頭大叫。
卡車一面捲起落葉一面奔馳在森林道路上。
奇諾跟漢密斯一面承受迎面飄來的那些落葉，一面跟在後面。
「嗯——有可能就這樣甩掉他們嗎？」
漢密斯問道，奇諾立刻回答：
「不……如果是我，就會——」
奇諾沒把話說完。卡車雖然緊急踩了煞車，不過猛度足以讓載貨台上的男子連忙抓住支撐物穩住身體。奇諾也一面滑動後輪一面停住漢密斯。

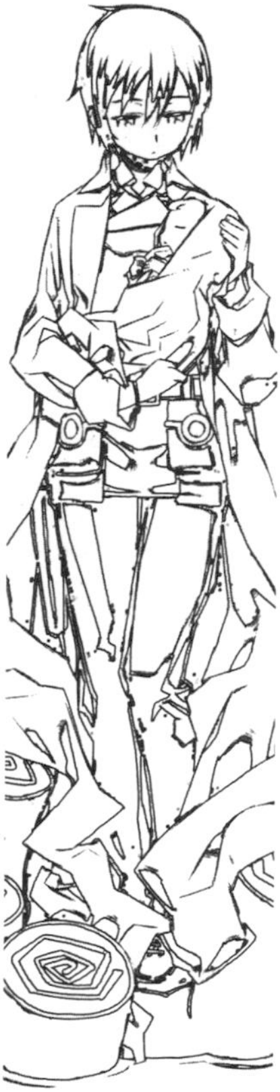
「戰鬥者的故事」
—Reasonable—

「設下障礙物喲！」

奇諾邊說邊下車，並且迅速踢下側腳架撐住漢密斯。

她從卡車的旁邊望向道路前方。果然如她想像的，有根樹幹正橫在道路中央。距離卡車不遠的地方，有一棵倒下的粗大樹木將道路完全擋住。

奇諾對載貨台的男子喊：

「沒關係，直接把它壓斷吧。」

只是那個命令還沒傳到駕駛座，卡車就已經往前進。它前進一點之後就立刻把車頭往右轉。

「什麼——」

只見卡車就當著啞口無言的奇諾面前，偏離道路朝北方的森林直駛而入。

奇諾隨後追上，那兒有一條靠卡車胎痕才好不容易分辨出來的小路。一路啪嘰啪嘰折斷樹枝的卡車逐漸消失在森林裡，載貨台上那些男人揮著手要奇諾盡快追上。

「不能往那邊去啊！」

奇諾大叫著，但是卡車還是一路微微搖晃地離去。

「啊～真是的！那明明是顯而易見的陷阱啊！」

奇諾一跨上漢密斯，聽到他說：

「請節哀順變，這群生手實在很讓人傷腦筋耶，這下該怎麼辦？」

接著在踢開漢密斯的側腳架的同時也緊跟著往前進，開始從後面追那輛卡車。

奇諾一面奔馳在雜草叢生的道路，一面對漢密斯唸唸有詞地說：

「傷腦筋……這下子可就麻煩了呢……」

在卡車與摩托車離去一段時間之後，十二名男子步行到擺放樹幹當障礙物的那個場所。

受傷的三個人已經用繃緊包紮好，各自撐著伙伴的肩膀站穩。縱使三個人都痛到皺眉，但是想復仇的心明顯表現在他們臉上。

「原來他們雇用那名旅行者當護衛啊……本想說她還很年輕而沒放在心上……」

向奇諾問路的四十歲鬍鬚男，用跟當時截然不同的險惡表情，看著殘留在森林地面的車胎痕說話。這時候站在身後的另一個男人開口說了：

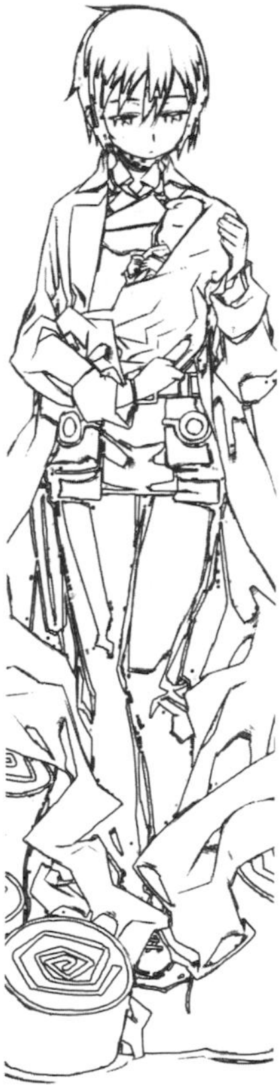

「戰鬥者的故事」
—Reasonable—

「不過，他們中計了。」

鬍鬚男慢慢站了起來。

「是啊，接下來不必太急躁，還是有機會可以把那個旅行者幹掉——好了，把樹幹移開，不要在路面留下任何痕跡。」

卡車停下來的地方是一處遺蹟。

沿著森林小徑一路走來，結果並不是連結到另一條路，眾人好不容易抵達的場所——是老舊的碉堡遺址。

這裡是森林中的平坦大地，石板路突然變寬。在四方寬約一百公尺的空間裡鋪有石板路，左右還有屋舍的斷垣殘壁。

往大馬路繼續前進的正中央，有一棟大型建築物。每一邊約二十公尺，是碉堡的中心建築。堅固的建築物還穩穩立在那裡沒有崩塌，屋頂上方是仿照城牆做成鋸齒狀的防禦牆。

「這是……好棒的地方……」

奇諾喃喃說道。她的腳跟漢密斯的輪胎都浸在水裡。

那處遺蹟被水掩蓋，整片都是深約十公分的水。

不過那些水稍微在流動，就像清溪般地乾淨透明，不僅看得到底下的石板路，天空及建築物牆壁的影子還因為光線的關係倒映在水面上。

「這地方真不錯呢，奇諾。建造這處碉堡的人利用石板路建造出幾近完美的水平呢。」

「然後把河水引進這裡，形成這麼美麗的場所……真是的，若不是身處於這種緊張的時刻，我一定會大聲歡呼發現到這麼棒的地方呢。」

卡車就停在悵悵地喃喃自語的奇諾眼前。也就是在中央大道的盡頭，中心建築的旁邊。沾在車身及輪胎上的樹葉及髒土已經被水洗乾淨了。

穿著黑色衣服的男子們像是在保護抱著嬰兒的女子似地，依序走出卡車。

奇諾從漢密斯身上下來之後，一度往後面，也就是朝通往森林的筆直道路看了一下，然後走向那群男子，用略微強硬的口氣說：

「為什麼沒有突破那道封鎖線呢？這是個陷阱耶，我們被逼進這裡了，已經無法回到森林那條路

了。」

「那是因為……」

被追問得無話可說的男子們露出尷尬的表情。

「是我叫他們那麼做的，請不要責怪他們。」

從後面傳來的聲音，是年約五十五、六歲，也是全團年紀最長的男人。他個子高，體格也不錯。只有他是穿著灰色西裝，頭頂上的白髮也很引人注目。

「你是……我記得你是醫生對吧？」

奇諾說道，男子點點頭。

當這群人前來委託奇諾的時候，那個男的就站在女子與嬰兒旁邊，還自我介紹說自己是一名醫生。當時他就表明無法參加對抗的行動。

他看起來似乎是全團的領導人物，因為醫生說話的時候其他人都不敢發言。

「在那種狀態下卡車會產生巔簸，很可能危及嬰兒的性命，因此我們無法那麼做。」

奇諾搖頭否定醫生說的話。

「不，只要把她抱緊，那點衝撞應該——」

「我好像還沒跟妳說呢……所以很抱歉會演變成這樣的結果。」

「……什麼事情？」
「關於這個孩子……她天生心臟就脆弱，能不能活到三歲都還是個問題呢。因此無法讓她承受太大的衝擊。」
周遭的人並沒有被醫生的話嚇到。那些男子微微低頭看，而抱著睡得香甜的嬰兒的女子又輕輕使了點力抱緊她。
「天哪～」
漢密斯不禁叫了出來，奇諾則嘆了一口長長的氣。
「…………你應該在一開始就告訴我的……」
「對不起。」
奇諾一面聽著醫生說的話一面回頭看。
襯著天空的美麗道路正筆直地朝森林延伸。

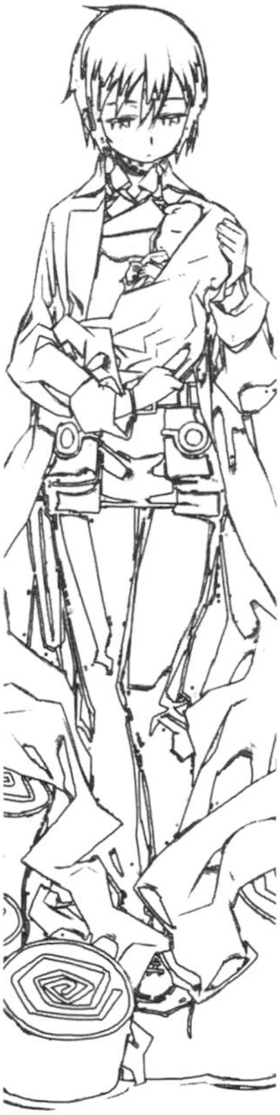

「戰鬥者的故事」
—Reasonable—

「把我們排擠在外實在很過分呢——等會兒再請你們把事情跟奇諾說清楚。」

奇諾把發牢騷的漢密斯藏在離卡車有些距離的地方之後說：

「知道了啦，你在這裡稍等一會兒吧。」

「動作快！只要搬武器跟糧食就好！」

然後背著「長笛」的奇諾就在醫生的指示下，跟帶著行李的八名男子，以及一名女子、一名嬰兒進入碉堡的中心建築裡。

「這裡是……什麼地方啊？」

進去建築物裡沒多久，其中一名男子喃喃說道。

建築物內部有呈現十字路線的走廊，旁邊也有些小房間，使得這個廢墟顯得比較狹小，偶爾還有涼爽的風吹過。

室內因為有陽光從窗櫺照進來，顯得十分明亮。有許多石頭從四周的廢墟屋舍搬進其中幾個房間裡，還有不少疑似桌椅及床舖的平台。

還發現其他房間裡堆了許多有如山一般高的柴火，看來是為了防止被深至腳踝的水弄濕。另外還有看起來並不久遠的火堆殘燼，被堆放的石頭掩蓋著。

「…………」

看到內部這些擺設的奇諾，首先命令兩名男子到屋頂監視道路的情況。雖然她覺得山賊應該還沒到，但還是命令他們只要發現山賊的蹤跡就立刻開槍通知所有人。接著那兩名男子就拿著步槍走上樓梯。

然後奇諾在大約位於建築物中央的某個房間，對其餘的人們說：

「雖然我覺得不太可能，不過——」

離她較近、還背著大件行李的醫生急著問「怎麼了？」想聽她接下來的回答。

「這裡好像有人在使用。」

「妳所謂的『有人』是……？」

醫生問道，奇諾直截了當地回答：

「十之八九是那群山賊吧，這兒有地方可睡，有水可喝，眺望的視野也不錯，是當據點的最佳場所喲。」

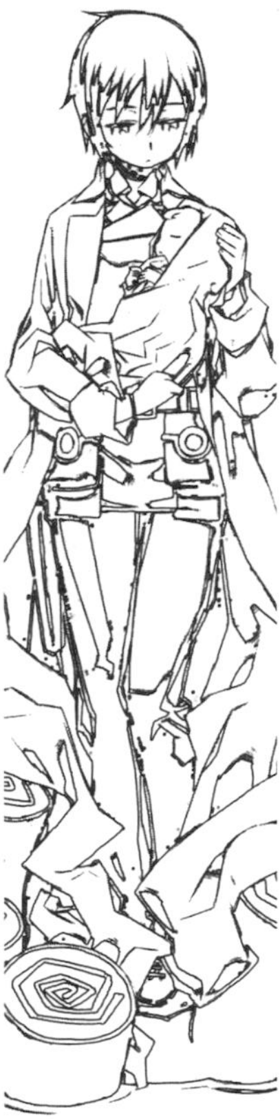

那些男人聽到奇諾的話無不感到畏縮，其中一人開口問：
「那麼，那些傢伙目前就躲在這裡埋伏──」
「他們不在這裡喲，要是在的話我們早就被開槍射擊了。那群山賊應該會到處找據點休息，不會長時間停留在某個地方。這裡算是其中之一的據點。」
「這麼說，我們等於直接被逼進他們的據點啊……」
醫生恨恨地說道。奇諾倒是用冷靜的語氣說：
「可能是對方不願意在路上進行槍戰的時候被人發現吧？不過這裡拿來進行監視四周的防衛戰也不賴呢。」
「是嗎？這麼說的話──」
其中一名男子滿懷期待地想說些什麼，只可惜被奇諾打斷了。
「問題是我們能在這樣的包圍下撐多久，畢竟我們沒有太多食物。就算斷糧也不可能出去，因此不管怎麼做都很不利。至於對方很可能就在森林埋伏準備進行持久戰。如果真的會變成這樣，當初應該先殺掉那三個人才對，只不過現在說這些都太遲了。」
「那麼……」
「要是不盡快把對方全部殲滅，最後吃敗仗的會是我們。」

奇諾斬釘截鐵地說道。

隔沒多久——

「奇怪？」

奇諾不解地歪著頭。她皺起眉頭看著地面的流水，還喃喃自語地說：

「咦？『全部殲滅』……奇怪了……」

其中一名男子看她出現這樣的舉動，不安地詢問：

「怎、怎麼了嗎？」

奇諾抬起頭說：

「奇怪了……我越想越覺得奇怪，那個時候怎麼沒發現到呢？」

「什麼事啊？」

醫生問道。奇諾流利地回答：

「就是那群山賊的行動。當他們擋住去路，把我們逼到旁邊的小路時，怎麼沒在那裡設下陷阱

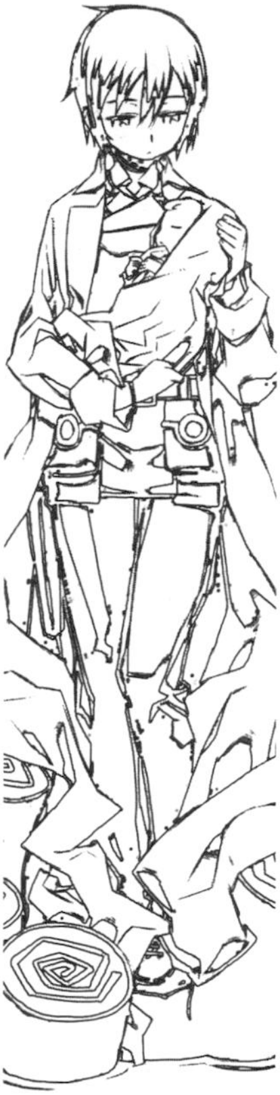

「戰鬥者的故事」
—Reasonable—

呢？只要在輪胎痕之間藏手榴彈，利用卡車拉緊鐵絲就可以引爆了。只要卡車無法動彈，他們大可以收拾我們的。」

「…………」「…………」

醫生及其他五名男子都沒有說話。

只聽到奇諾的聲音在石牆中不斷迴響，響徹整個室內。

「我只能猜測那是他們『不想那麼做』，所以『沒有那麼做』。那些人——」

奇諾沒把話說下去。

然後對著表情不安的女子及連同醫生在內的六名男子說：

「有誰——有人受傷嗎？包括上面那兩個人。」

「沒有……？沒有人受傷耶……」

醫生訝異地回答。

「那麼——」

奇諾指著房間角落的地板：

「那地上流的血是誰的？」

那裡正流著帶有顏色的水。紫黑色的流水在清流中畫出一道線。

因為訝異而回頭看的那群男子移動了腳下，而這樣的動作卻模糊了那道線，沒多久就消失不見了——

不過隨即又恢復原狀。

那道線流出走廊，在那兒與其他水流會合，經過一陣攪拌就消失了。

「怎、怎麼回事……？」

奇諾斜眼看著那群目瞪口呆的男子，然後開始找尋那道水流的源頭。她小心翼翼慢慢往前走，盡可能不把腳底的水打亂。

那道血線是來自隔壁房間，不斷從牆壁石頭的縫隙中流出來的。

奇諾讓女子與嬰兒留在原地，還留下兩名男人護衛著她們，然後帶著醫生及三名男子走出房間。他們慢慢移動到隔壁房間前面。

那是入口被許多石頭堆疊阻擋的小房間。

奇諾請那群男子迅速把石頭挪開。清除入口的石頭之後，發現室內居然也都是石頭，還雜亂堆

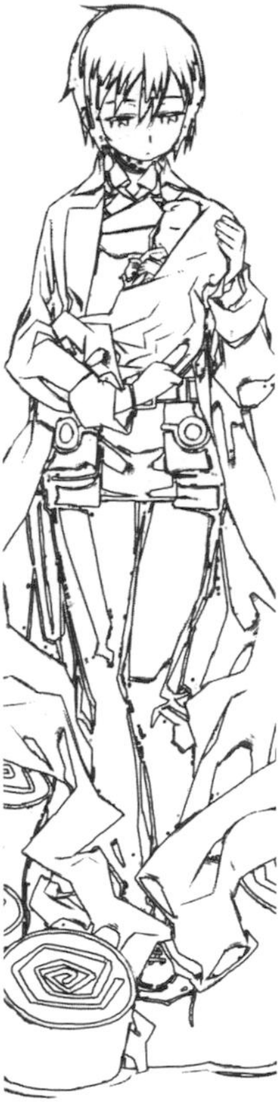

「戰鬥者的故事」
—Reasonable—

放到人的胸部那麼高。

就在動了其中幾塊之後，終於知道下面是什麼了。

「…………」

男子們及醫生都說不出話，唯獨奇諾說了這麼一句：

「原來如此。」

壓在大量石頭底下的，是屍體。

好幾具屍體以堆疊的方式埋在這狹窄的房間裡。大約是十到十五具。

那些屍體都是成人男性，不是頭被砍掉就是頭部遭到重擊。從他們的皮膚狀況判斷，大概死了有半天的時間。身上穿著棕色與綠色交雜，適合野外活動的服裝。

「這、這些傢伙是怎麼回事啊……？」

年輕男子面色蒼白地詢問。

「那還用說，是真正的山賊們喲。」

奇諾答道。

回到女子與嬰兒所在的房間之後，奇諾再次詢問在屋頂監視的兩個人。並沒有從森林接近的人影出現，時間已經快要接近正午。

然後背著「長笛」的奇諾，在在場所有人的注目下說：

「回到主題，剛剛我話沒說完。我說到『那些人——』，那些人，那些覬覦你們的傢伙，目標並不是你們的行李，剛剛已經看過那個證據了。那些人並不是山賊。而盤據在這裡，在這一帶為非作歹的山賊們，已經輕易被昨晚那些人給殺了。」

沒有人打斷她的話，奇諾又繼續說：

「那麼，他們究竟是誰呢？」

突然被奇諾這麼問，在場的男子都屏著氣息不說話。女子微微顫抖著身體，醫生則是不發一語盯著奇諾的臉看。

「…………」

「其實你們知道吧，知道追殺自己的集團是誰吧——你們真正害怕的，並不是山賊。」

「…………」

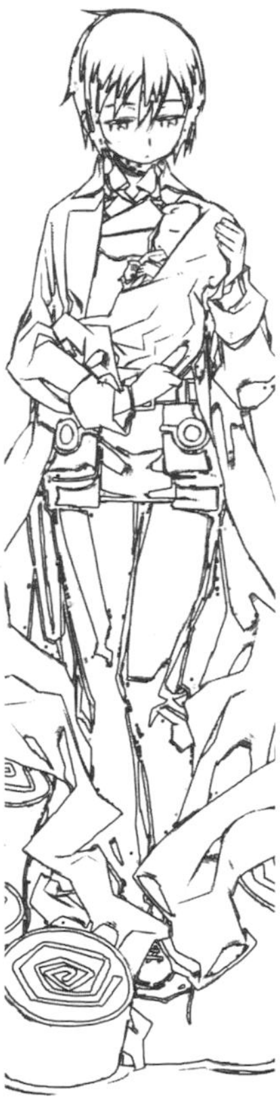

「戰鬥者的故事」
—Reasonable—

「究竟是誰？」

但是沒有人回答，奇諾只得輕輕聳著肩說：

「我明白了。既然你們不回答就算了，但是現在我已經沒必要履行保護你們不受山賊傷害的約定，所以我要回去漢密斯那裡了，接下來你們自己看著辦吧。」

「什麼？妳想背叛我們嗎？」

奇諾淡淡回答其中一名大喊的男子：

「最初說謊騙人的是你們，這算是違反契約的行為。既然你們不把知道的事情告訴我，那我也無可奈何——我會把事情跟那些人坦白說清楚，請他們放過我跟漢密斯。」

「妳這傢伙！」

在奇諾面前的男子把手伸向腰際的說服者。

在醫生大喊「住手！」的同時，奇諾也踢開那名男子的手。

奇諾的靴子一面撥起水花，一面穩穩踢中男子的手，彈飛的左輪手槍落在水裡，滑到房間的角落。

「嘎……」

「再不快點撿回來會濕掉喲。」

奇諾一面把腳收回來，一面輕鬆對按著手的男子這麼說。而她的右手也正摸著腰際那把稱之為「卡農」的左輪手槍。醫生連忙過來打圓場說：

「大家請住手，跟奇諾戰鬥也毫無意義。雖然不願意承認，但奇諾她終究比較強，就算我們人數多過她，那接下來呢？我們的目的呢？」

那些話讓怒氣沖沖的男子們紛紛洩氣地垂下肩膀，被踢的男子則往後退去撿說服者，把水甩乾淨之後又插回槍套裡。

「也請奇諾妳不要再做出挑釁的舉動，我承認我們不對。」

醫生懇求地說道。

「那麼，可以請你告訴我目的嗎？畢竟我也不認為現在向那些人舉白旗投降，他們會毫不計較地放過我們。」

「知道了……我把來龍去脈全說出來，各位應該同意吧？」

其餘的男子不發一語低著頭。

「戰鬥者的故事」
—Reasonable—

然後醫生看了一眼女子抱在懷裡的嬰兒。

「其實那個女嬰是某王室唯一留存的血脈。至於我原本是王室的御醫，而在場的這些人都是侍女及隨從。」

女子沉默不語，滿臉悲傷地低著頭。奇諾把視線移回醫生身上說：

「請繼續說下去。」

「大約是半年前，君主制度因為革命被推翻，王室的人全遭到逮捕，還被處決……那孩子則是唯一的倖存者。」

「結果，那些人便奉命追殺王室的遺族——啊，不對，應該是說完全相反。」

「是的……那些人是狂熱支持者，也是前禁衛軍。目前國家仍處於政治混亂的局面。革命結束後的國民雖然呈現狂熱的狀態，但國家一直處於不安定的局勢，使得有不少國民希望能復興王室。於是那些人打算拱唯一倖存的這個孩子出來，企圖復辟君主制。」

「原來如此……所以他們說什麼都要『活捉』她。」

「……是的。我們為了阻止這件事情發生才逃離祖國，我們根本不想要復辟什麼君主制，也希望讓這孩子在剩下的日子裡能過著自由自在的人生……」

「那群人知道那孩子的病嗎？」

「當然不知道，知道的只有在場我們這些人而已。不過就算他們知道也無所謂吧。」

「你們被追殺多久了？離開國家之後就一直如此嗎？」

「不，剛開始我們以為成功擺脫他們了……但是派回國家的使者應該是被抓了。我們在跟妳見面的那個國家等了很久，但是那名使者都沒有回來，於是我們考慮到最糟的情況，才會做出接下來的決定。」

奇諾嘆了一口氣。

「真是傷腦筋耶。我被捲入不得了的事件了呢。」

「奇諾，只靠沒有戰鬥經驗的我們是無法擊退那群士兵的。但是，我們也無法保證妳能夠平安無事地回歸旅途，因為漢密斯太醒目了。」

「是沒錯啦。」

「我明知道這樣的請求非常卑劣，但還是再次懇求妳繼續待在我們身邊。如果這孩子能平安抵達下一個國家，我願意把卡車送給妳當做酬勞。那應該是我們目前手邊最有價值的物品，拿去賣應該

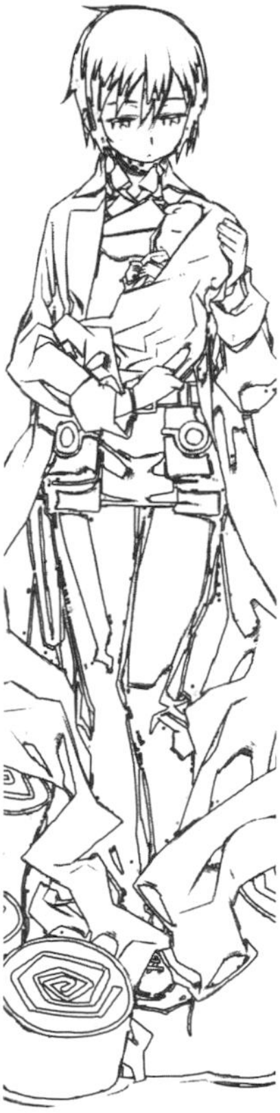

「戰鬥者的故事」
—Reasonable—

能換到不少錢呢。」

那句話讓其他男子不禁大喊「醫生！」不過醫生還是慢慢舉起手制止他們。

「事到如今，能保住性命比較重要。我決定說什麼都要讓這孩子在下一個國家生活，只要再待個三年就好。等過了這段時間，我們的任務就結束了，一切就終告結束。」

看著這群男子半哭喪著臉沮喪的模樣，奇諾說：

「知道了，撇開酬勞不說，為了保命也只有拚了呢。」

這次倒是換奇諾制止不斷向她道謝的醫生，然後說：

「我們需要更多武器，請大家現在快去找出來。」

「這遺蹟裡有武器嗎？」

奇諾對那些詢問的男子說：

「就是那些被殺的山賊們的武器啊。在他們的屍體旁沒看到武器，但是那些武器很重，我不認為那些人會帶走，應該是藏在房間的某處。」

「總之，就是這麼回事。」

「天哪～想不到連奇諾也被捲入相當危險的情況裡呢。」

奇諾跟漢密斯在被廢墟的牆壁包圍的地方對話。
時間是正午過沒多久，之後那些男人就忙著找武器。屋頂那兩個人後來有換人監視，但至今還沒有發現任何人影，也沒有槍聲通知。
背著「長笛」的奇諾從漢密斯後輪的箱子裡，拿出裝了備用子彈及液體火藥的木箱。
「何不直接落跑呢？把包包裡的無線電拿去賣，應該足以抵那些衣服的錢喲？」
奇諾若無其事地對斬釘截鐵說那些話的漢密斯說：
「如果有『別條路』，或許我就會那麼做。」
「喔，這話有點意思。然後呢？」
「如果找到的話，我會那麼做的。」
奇諾邊回答邊把木箱抱在腋下。
「原則上先說一聲——再見了，奇諾。」
「啊啊——再見。」

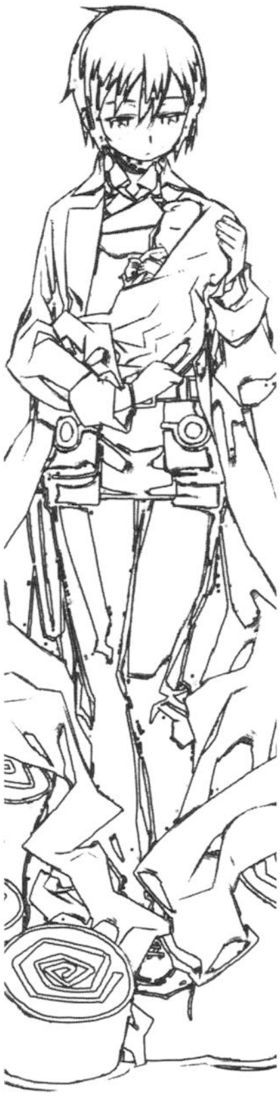

「戰鬥者的故事」
—Reasonable—

「這句話，已經說了幾遍啊？」

「不知道——那麼待會兒見。」

奇諾笑咪咪地歪著頭，然後往前小跑步，在倒映天空的水面上濺起漣漪。伴隨著水聲從這個廢墟穿過另一個廢墟，最後回到碉堡的建築物。

「全部應該就這些了。」

聚集在建築物某一室裡的，全都是舊式武器。

有幾挺從前端塞火藥及子彈的舊式步槍，及操作方式相同的掌中說服者。還有三挺備有回轉式彈匣的左輪步槍，以及大約十瓶用來供這些槍械使用，裝在酒瓶裡的液體火藥。

然後是不太利的刀劍，大中小總共有十四把。

然後是放在附有大車輪的木製台車上，擺在博物館展示用的大砲一門。

「說服者全都很老舊，根本就派不上用場。液體火藥就這麼多，如果要使用就用在自己的反衝式說服者上。至於劍嘛，進行肉搏戰的時候或許派得上用場呢。」

其中一名男子繼續報告。

「然後大砲應該是舊款的。其組合只有一支砲管，大致清洗過後應該還能用，雖然有辦法弄到火藥，但是完全沒有砲彈。」

另一名男子提議說「改塞短刀在裡面怎麼樣」，但是立刻被否決了。

「應該幾乎飛不出去才對，就算把石頭弄碎塞在裡面也一樣。這種款式的大砲只要打出一發就沒了，要是沒有把台車固定好，還會因為發射的後座力往後衝，所以無法輕易改變它瞄準的方向，更何況這裡也無法固定。」

男子邊推台車邊說。附有木製車輪的台車極輕易就能移動，而大砲尾端的木製固定具則不管男子怎麼把它往石板路壓，都一直滑掉根本勾不住。

奇諾仔細看過它的狀況之後，說了一句「原來如此」。

這時候站在奇諾旁邊，也是那群人之中最年輕，大約二十出頭的男子唸唸有詞地說：

「完了……我們死定了……」

站在隔壁的伙伴抓著他的肩膀說：

「放心，一切都還未定呢，知道嗎？」

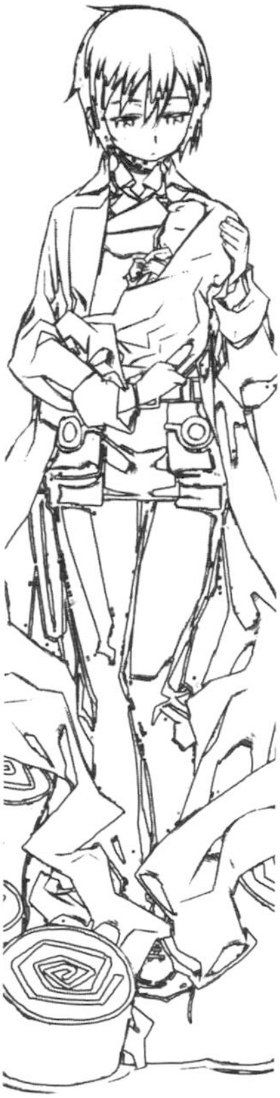

「戰鬥者的故事」
—Reasonable—

「可是我們不過是普通人！不像那些傢伙是經過嚴格訓練的士兵……從沒殺過人的我們，有可能打贏虐殺山賊的那些人嗎？你說！有辦法戰鬥嗎？」

「不是啦……你——」

「我受夠了！」

年輕男子根本沒把伙伴的話聽完。

他突然把背著的步槍丟進水裡，邊喊邊往前跑。

伙伴雖然想抓住他，但是撲了個空。

年輕男子一面「哇——」地大叫，一面往南方的大馬路衝去。

「投降！我投降！」

他一面大叫一面激起劇烈的水花，不斷往前衝。

「發生了什麼事？」

在屋頂監視的人員聽到他的喊叫卻問不出個所以然。

年輕男子一面喊叫一面跑——

「我投降！放過我一馬！我投降！我投降！」

當他跑到還差十公尺就到森林的地方——

砰！

就在尖銳的槍聲響起的同時，他倒下了。

年輕男子濺起水花往前倒——

然後再也沒有動了。

「可惡！」

在屋頂監視的人員恨恨地大罵，接著響起開槍的聲音。

「如果看不到對方就不要開槍！那只是浪費子彈而已喲！」

奇諾立刻抬頭對上面喊。

「……知道了，對不起……」

回應的只是有氣無力的聲音。

就在一瞬間，建築物內部籠罩著寂靜的氣氛——

但下一秒鐘，嬰兒突然哇哇大哭起來。女子拚命哄她，但是哭聲卻有如點燃的導火線，怎麼也

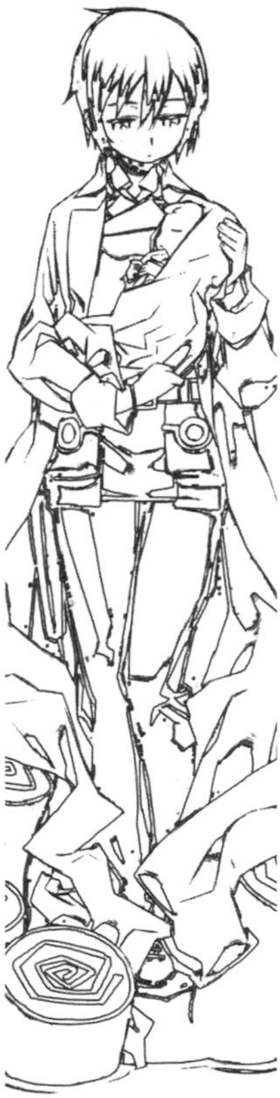

「戰鬥者的故事」
—Reasonable—

停不住。

在響徹尖銳哭聲的建築物裡，奇諾從右腰拔出「卡農」。

「…………」

不久前。

「我投降！放過我一馬！我投降！我投降！」

他看到有男子一面大喊，一面從監視的建築物裡頭跑出來。

「開槍！」

在森林裡的鬍鬚男就下了這麼一道命令。

這時候坐在粗大樹木的橫枝上，舉起附有瞄準鏡步槍待命的男子開槍了。

後來從建築物的屋頂也開了一槍，不過子彈卻往完全錯誤的方向飛去。

「現在是還有辦法狙擊，要開槍嗎？」

「不，不用開槍。」

聽到狙擊兵的詢問，拿著望遠鏡一面窺視，一面看埋伏在前方的卡車及建築物屋頂的男子，鬍鬍男如此回答。
「還不用急，時間對我們有利。」
「了解。」
然後男人們再次躲進森林裡。
被奇諾打中腳的男子，手上端著裝在金屬杯裡的茶，撐著臨時做的枴杖走過來。
「隊長，請喝茶。」
「謝謝你，腳傷得怎麼樣？」
「很痛呢，我會把這股痛楚用來狠狠擊垮那個旅行者的。」
「啊啊，就看你的了——說什麼都要帶公主殿下一起回國，大家都在等著呢。」
鬍鬚男回給部下親切的笑容。
「是！」
接著便從用力點著頭的部下那兒接下那杯茶。

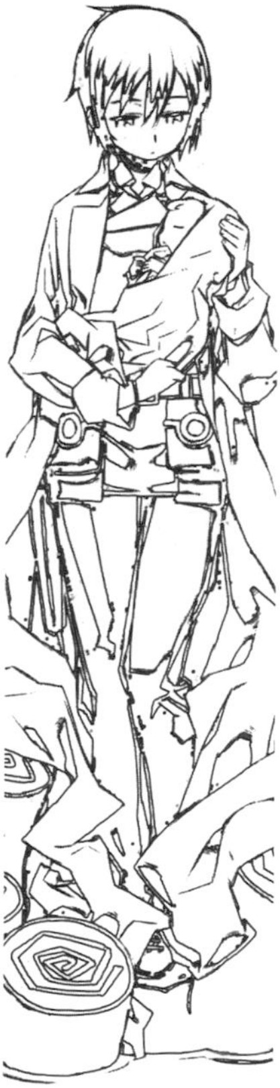

「戰鬥者的故事」
—Reasonable—

就在鬍鬚男慢慢啜飲熱茶的時候。
從遠方清楚傳來嬰兒的哭泣聲。
「是公主殿下，看樣子她精神不錯呢！」
某人冒出這句話，把在場的男人都逗得笑呵呵。
之後——
砰咻！
低沉的槍聲蓋過那個哭聲。
「什麼？對方往這邊開槍嗎？」
「不是的！」
當他們對話的同時，依舊聽得見沉重的槍聲。
砰咻！咚咻！咚咻！啪咻！啪咻！
不久，其他說服者的聲音把這些聲音蓋了過去。
「是那裡面發生槍戰！」
狙擊兵大喊著。
「什麼？」

鬍鬚男丟下茶杯抓起望遠鏡。
建築物內部偶爾閃著亮光，緊接著就是槍聲。還看到建築物屋頂那兩個人緊張下樓的模樣。
「他們……開始起內鬨了嗎？」
躲在森林裡的那群部下緊接著鬍鬚男的話，異口同聲激動地大叫：
「王八蛋！怎麼當著公主殿下的面幹這種事！」「那群白癡！」「該不會是那個旅行者幹的吧！」
狙擊兵從上方詢問：
「監視者下樓了！要闖進去嗎？」
啪咻！啪咻！啪咻！
至今還有槍聲響起。
「現在突擊太危險了，再等一會兒。」
鬍鬚男咬牙切齒地回答。

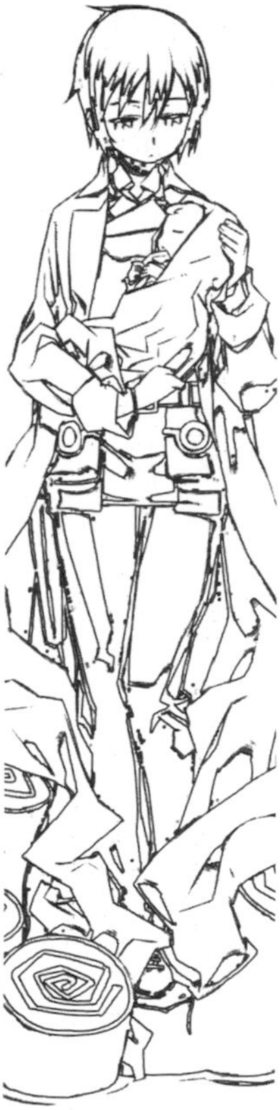

「戰鬥者的故事」
—Reasonable—

距離比那些男人還要近的漢密斯，聽著相同的槍聲開心地說：

「喔，打起來了打起來了。『卡農』及『森之人』卯起來射擊了呢。」

濫射的聲音經過三十秒之後就停了。

「…………」

鬍鬚男透過望遠鏡的圓形視野窺視毫無動靜的建築物。狙擊兵及除了傷者以外的七名伙伴則拿著步槍站在後面，擺出隨時都能進行突擊的陣容。

「難不成那個旅行者把那些隨從殺了……？」

鬍鬚男如此回答：

「不知道，但是——有那個可能。」

就在他拿下望遠鏡的那一剎那——

「隊、隊長！請你快看入口！」

狙擊兵發出驚愕的聲音，鬍鬚男連忙又拿起望遠鏡。

就在距離五十公尺的前方，在建築物的南側入口。

「什麼！」

看到旅行者正把屍體往外丟，她是剛才騎摩托車的旅行者沒錯。
旅行者把比自己高大的男性屍體從入口旁邊推到外面。
剎那間水花四濺。那身體就跟倒在距離森林十公尺的那具屍體一樣，趴著動也不動，而兩具屍體穿的都是相同的黑色服裝。
「又開始了。」
是狙擊兵的聲音。
旅行者再次搬運屍體，將他丟到第一具的旁邊，水花當然又再次濺起。
「等那旅行者再次出現時，就射擊她的手臂怎麼樣？」
狙擊兵問道。
鬍鬚男隔著望遠鏡繼續監看並沒有回答。
「……唔！」
這時候又聽到嬰兒的哭聲。

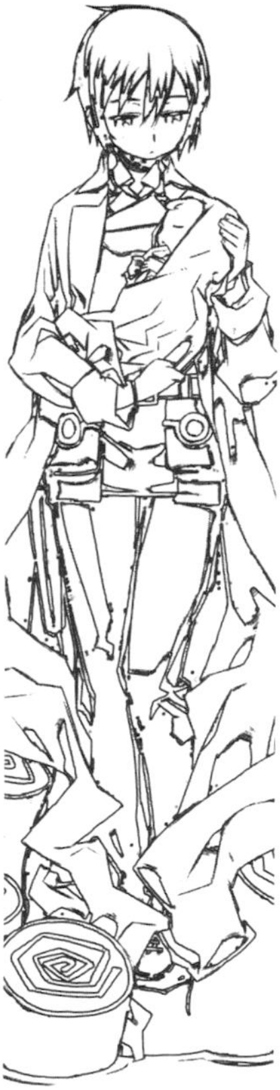

「戰鬥者的故事」
—Reasonable—

「住手！公主殿下沒事！」

他立刻這麼命令。

「了解，那我等隊長的指示。」

在嬰兒哭聲的陪襯下，旅行者第三次出現在入口旁邊，並且丟棄屍體。屍體的臉被染得一片鮮紅，根本就看不出是誰。

「那傢伙在幹什麼啊……？」

其他部下回答這個部下的問題。

「難不成是起內鬨，最後打算逃走嗎？」

「你是說那些傢伙？不對，該不會是旅行者？」

「該不好那名旅行者已經知道事情的來龍去脈，對她來說公主殿下並不重要，所以想拿她當做跟我們交涉的籌碼？」

「不會吧……她以為挾持公主殿下當人質，還能夠獨自一人騎著摩托車逃走嗎……？」

聽到這些人的對話之後，鬍鬚男開口說話了：

「這傢伙有一套，她是刻意讓我們看到屍體的。只要她主動提出，就答應跟她交涉吧。」

「隊、隊長！可是——」

「我們的目的是什麼？」

「……是！是把公主殿下平安帶回祖國！」

「沒錯，只要能完成那個任務，就算跟耍小聰明又有點骯髒的旅行者談談也無所謂。既然她替我們把所有隨從都殺了，也是該給她一點獎賞。」

「隊長……」

「只不過，是賞她一顆由全金屬包覆彈頭的鉛彈。我們有優秀的狙擊兵，可以在遠離馬路的地點，從背後賞她一發，不准給二發。」

聽到這些話的部下好不容易笑了。

「是第六個。」

還是狙擊兵的聲音，現在建築物前面已經躺了六具趴著的屍體。

「建築物裡面還有兩個男人，其他就只剩下公主殿下跟那個女人而已。」

「好了，妳是否能順利把所有人都殺了呢，旅行者呀！」

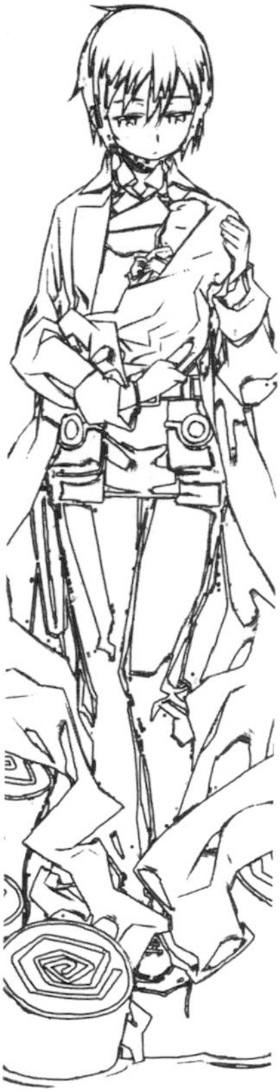

「戰鬥者的故事」
—Reasonable—

在鬍鬚男以及他的部下們緊張屏息的監視下，第七具屍體被丟出來了，那是個穿著灰色西裝的男子。

「嗯？」

旅行者把屍體丟出去沒多久，就從右腿的位置拔出左輪手槍，接著只露出雙手——

滋咚！滋咚！滋咚！

她朝那具屍體的後腦勺再開三槍。

那是在極近距離連續射擊的大口徑子彈。屍體的頭部完全炸裂，甚至在五十公尺處還看得到飛散的腦漿呢。看到旅行者不斷對自己過去的同胞做出無情的對待，這群男人喃喃地說道：

「致命的一擊啊……」

「怎麼會有這種傢伙。」

「過分……」

「其實也沒必要做得這麼絕……」

聽到部下們敵意明顯減弱的聲音，鬍鬚男替他們打氣說：

「振作點！事情還沒結束呢！」

嬰兒的哭聲仍在這時候持續著。

「最後一個了。」

正如狙擊兵所說的，旅行者把另一具屍體，也就是穿著黑衣服的男性屍體丟到建築物外面。躺了八具屍體的流水立刻被染成一片紫黑色。

「沒想到她把他們全幹掉了……真讓我感到佩服，了不起。」

嘆了長長一口氣的鬍鬚男脫口說出讚賞的言詞，然後對樹上的狙擊兵嚴加命令，無論是誰被擊中，而且還沒有喪命的話都不准開槍。

「好了，接下要丟什麼出來呢，優秀的旅行者。」

他唸唸有詞地等著。

嬰兒的哭聲在這之後停了約二十秒，甚至過了只聽見鳥叫聲的一百秒之後，他聽到旅行者的聲音了。

「我有話要說！聽──得──見──我──說──話──嗎──！」

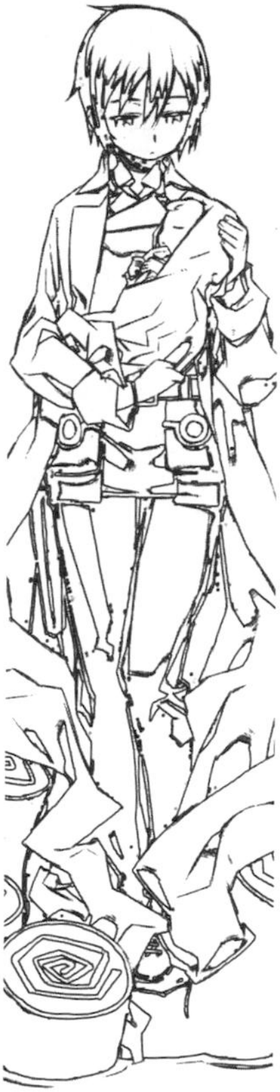

「戰鬥者的故事」
—Reasonable—

「啊啊！聽得見！妳那邊情況如何？」
男子的聲音傳到奇諾所在的建築物南側入口。
奇諾蹲了下來，利用腳下的流水清洗滿是鮮血的手。
「喔——這個可幫了不少忙呢？」
她邊這麼說邊站起來，附近沒有任何人。
奇諾深深吸了一口氣之後，退到入口後面一點的地方以防被開槍擊中，她把手圍在嘴邊，然後用力大喊：
「我聽見你說話了——！我有話想跟你說，可以嗎？」
「妳說說看！」
聽到鬍鬚男的回答，奇諾便滔滔不絕地說。
她說，之前委託她當護衛的男子們因為欺騙我，所以我把他們全殺了。
她說，我拷問那女人之後，得知嬰兒是一位公主。
她說，我對你們的繼承人之戰沒有興趣，把自己跟摩托車的安全擺在第一位。
她說，對你們開槍一事我在此道歉，想用嬰兒交換自身的安全，卡車也不要了。
她說，想請你們確認屍體的身分，並把嬰兒交給你們，希望你們能過來這邊。

中間對方說了好幾次「我沒聽見」，這時候拉開嗓門大喊的奇諾說：

「呼……喉嚨累死了。」

聽到奇諾的聲音，鬍鬚男這麼說：

「我答應妳。」

然後命令受傷的三人待在森林裡，狙擊兵繼續留在樹上，至於其餘的七個人跟自己過去。

「準備完成，可以出發了。」

聽到部下們的回答，鬍鬚男對奇諾大喊：

「我們現在有八個人要過去！要是妳敢開任何一槍，我們的交涉就決裂了！」

「知道了！最起碼請你們過來能夠正常說話的位置喲！咳咳！」

聽到她的回答之後，鬍鬚男自己打頭陣，從森林往遺蹟的方向前進，靴子也都濺到了水。

「好！大家千萬不要大意！」

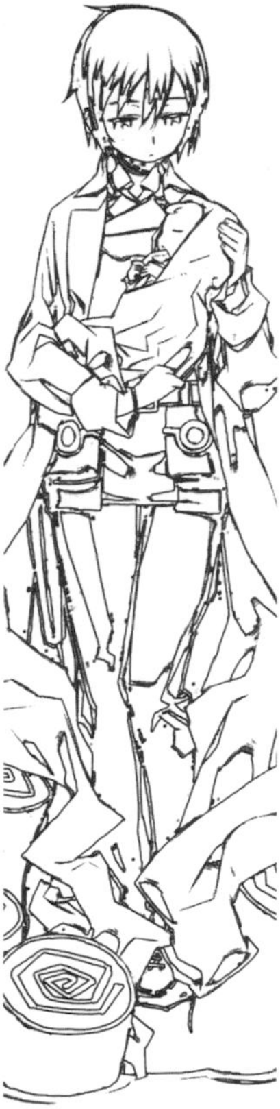

「戰鬥者的故事」
—Reasonable—

「過來了嗎……」

奇諾看到那群男子前進的模樣。

她手握著鋁製水壺，喝著裡面的水，然後「咕嚕咕嚕」地漱口。最後再把水吐在腳邊。

她往外看去，那兒躺著八具屍體，而且左右兩邊各躺四具，中間則留了約三公尺的寬度。

那些屍體至今還流著血，把水都染成紫黑色，讓映在水面的藍天白雲都變成很奇妙的顏色。

那群男子就在道路前方。

他們把步槍舉到腰部的位置，分成左右兩路人馬，一面小心埋伏一面隔著一段距離慢慢前進。

感覺得出來他們都做好如果遭到攻擊就立刻躲進旁邊廢墟裡的準備。

「好了……就照你說的，用『一槍』決勝負吧。」

奇諾看著他們如此說道。

「真、真的沒問題嗎？」

從建築物裡面傳來男子不安的聲音。

「這個嘛，得試試看才知道呢。」

「喂喂……」

「不過這種事情我在學校裡學過，應該會很順利才對。也請你們照計劃去做，導火線的長度可是很重要的呢。」

奇諾說道。

時間慢慢流逝，那群男人已經前進到一半以上的路程。

在距離建築物約二十公尺的位置，站在右邊打頭陣的鬍鬚男將手舉高並握拳。剎那間保持高度警戒分頭行進的部下們停了下來。

「旅行者！」

鬍鬚男大聲喊道。

「來到這裡妳就聽得見了吧？這樣一來我們雙方就不用喊到喉嚨痛得要命了。」

「我也有同感。」

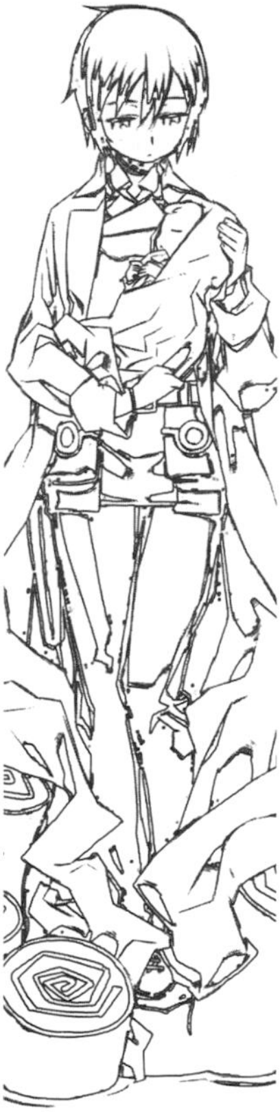

「戰鬥者的故事」
—Reasonable—

奇諾的聲音從略高的位置傳來。
鬍鬚男抬頭一看，她人站在屋頂。
毫不畏懼的奇諾整個人都站了出來，單腳還踩在屋頂邊緣，只要一失足就會摔出去。
「公主殿下……」
至於她手上是裹在布巾裡的嬰兒。

「王八蛋……」
狙擊兵在同時鎖定了奇諾，瞄準鏡的十字線對準她的喉嚨。但是又考慮到一旦擊中她之後，嬰兒很可能會摔下來，或者她整個人會往前倒，所以不敢妄動。
「可惡！」
逼不得已作罷的狙擊兵只好恨恨地罵一句。

「嗨，旅行者！」
「你好，你就是隊長吧？」
奇諾跟鬍鬚男首先互相問候，接著奇諾又說：

「這距離大概有二十公尺吧？很高興能像早上那樣跟你正常交談呢。」
鬍鬚男用沒有拿步槍的左手指著嬰兒說：
「旅行者妳抱在懷裡的，應該是我國非常重要的公主殿下吧？」
「是的，我從躺在那兒的人們口中得知所有來龍去脈了。聽說你們打算立這孩子為王，復興王室是吧？」
「一點也沒錯。」
「老實說那些事情跟我一點關係也沒有，往後會變成如何我也無所謂。對我來說，最重要的就是我跟我的摩托車漢密斯是否能跟過去一樣繼續旅行。」
「我想也是呢。」
鬍鬚男的部下們雖然在剛開始時仍然對周遭保持警戒心，但是在不知不覺中把注意力轉移到奇諾身上，紛紛豎起耳朵聆聽雙方的對話。
「因此我才把欺騙我，還害我捲入這場風波的那些人幹掉。」

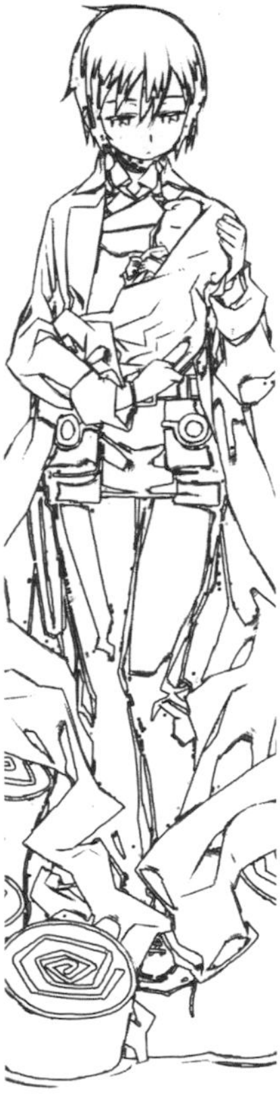

「真了不起，也很感謝妳減輕我們的工作。雖然妳傷了我三名可愛的部下，不過他們並沒有生命危險。那件事情就在如此美妙的場所付諸流水，當做沒發生過怎麼樣？」

「喔，挺幽默的嘛——」

在不遠處聽著兩人對話的漢密斯自言自語地說道。

「這主意不錯，那麼接下來就是我的提議。」

「好，請說。」

「我會先抱著這個孩子整理行李，等一切處理妥當之後就跨上漢密斯回到那條道路，你們則駕駛那輛卡車在後面跟著。至於原本照顧這孩子的女子，目前是倒在裡面不省人事，也請你們把她一起帶走吧。」

「原來如此——然後呢？」

「等雙方都開到道路上時，我會把孩子放在離你們一段距離的路上，然後一溜煙地逃走。屆時我會盡全力逃跑，只要你們不追上來，那麼一切就到此為止。接著你們就帶著嬰兒，開著卡車回國去吧。以上就是我的提議。」

「這提議很讚，對我們來說沒有拒絕的理由呢。只不過，如果我們拒絕或是在半路對妳出手，會有什麼樣的後果呢？」

「我不太願意臆測那個後果耶。」

奇諾從夾克口袋拿出一個小瓶子。裡面裝著綠色的液體火藥，瓶口的軟木塞則插著一根小信管。她輕輕地把那個瓶子擺在布巾裡的嬰兒肚子上。

「如果我倒下而在上面加諸力道，我跟漢密斯就會連同這孩子一起『砰』！」

在安撫大罵「妳這傢伙！」的部下之後，鬍鬚男說：

「我也不願意臆測那樣的後果呢，不過目前我們會盡最大的努力，不讓事情演變成那麼可怕的後果的。」

「那麼交涉成立囉！」

「是的，成立了。我們會默默目送妳離開的。」

「不過，會默許狙擊兵開槍是嗎？」

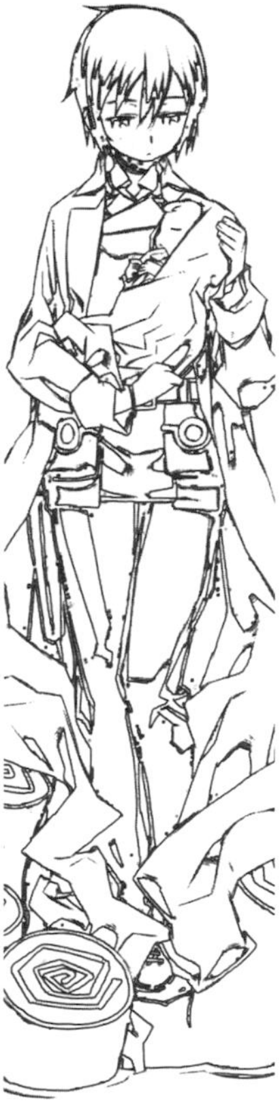

「戰鬥者的故事」
—Reasonable—

奇諾很直接地說出這麼一句話。

「…………」

鬍鬚男剎那間語塞說不出話。

「如果是我，真的會那麼做喲！」

奇諾大聲喊著，一面輕快地從屋頂邊緣跳開，一面對屋頂下空曠的建築物樓梯間大喊：

「開車！」

這時候爆炸聲響起。

從建築物內部傳來比槍聲還要小的爆炸聲。

原本抬頭看奇諾的鬍鬚男，以及三三兩兩站在道路左右兩側的部下們，全被那聲音吸引而朝那個方向望去。

那是黑色建築物的入口。

一挺大砲正從那裡衝過來。

「什麼！」

而且是朝著鬍鬚男，以及他的部下們衝過來——

大砲連同台車往筆直朝南的石板路，朝滿滿是水的美麗道路衝過去。附有兩個車輪的台車，就像船隻般破浪前進。

那物體從建築物中現身不過三秒鐘而已。

「唔！」

鬍鬚男在近距離看到那挺舊式大砲從自己旁邊擦身而過。看到台車上的大砲砲口朝著跟自己完全相反的方向，他立刻明白那挺大砲是利用朝建築物內部開火的後座力才得以衝出來的。

「哈哈！」

鬍鬚男被那個點子惹得「噗哧」笑了出來，加上它又筆直前進到道路中央，根本就沒命中自己任何一名部下而暗自竊喜。

但就在同時，鬍鬚男優秀的視力捕捉到有好幾個木箱綁在台車後方某個固定具上。然後還發現那裡有導火線延伸出來。導火線不僅被點燃了，還只剩下短短一截。

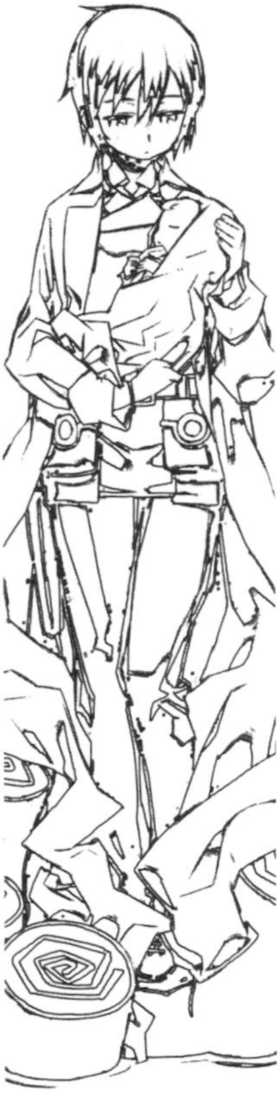

「戰鬥者的故事」
—Reasonable—

「咦？」

等他恍然大悟的下一秒鐘，木箱爆炸了。

就在奇諾確認大砲「發車」的那一瞬間，就抱著嬰兒倒向原本就在那裡的柵欄後方。她把嬰兒摟在腹部的位置，然後背向南方。

原本擺在嬰兒腹部的瓶子則從屋頂處掉落，一邊灑出一般的液體一邊破裂。

台車的箱子幾乎在那群男人的中間爆炸。

裝在裡面的液體火藥所造成的火焰及熱浪，在水面產生好幾百道細波紋。

火焰團團包住站在前方，連同鬍鬚男在內的四個人。他們的皮膚及衣服都著火了，整個人像個人體火把似的。

至於爆炸的衝擊波與台車的碎片則襲向其餘四個人，而且將整個人震飛。他們猛地撞向屋舍的牆壁，頭部也跟著擊碎，應該是腦漿的物體散布在那裡。

第二波的爆炸聲比第一波來得更響亮，並直衝雲霄呢。

堅固的砲身並沒有因為爆炸而損壞，它在斜前方的半空中飛舞，並把某間房舍的牆壁砸得粉碎之後才落下。

「危險險險險險險險險險險險險險哪！」

一旁只距離三公尺的漢密斯被嚇得不禁大叫。

「啊啊……」

透過望遠鏡目擊到整個過程的狙擊兵，被遲了一秒衝過來的爆炸氣浪震得差點從枝幹摔下來。

當他重新穩住身體的時候，看到的是化成一團血漿黏在牆壁的四名伙伴，以及發出不像是人類的可怕慘叫聲，像火球般不斷瘋狂跳動的另外四名伙伴。

「………」

他開槍了。

首先是敬愛的隊長，再填裝子彈。

過去在軍校的同期戰友，再填裝子彈。

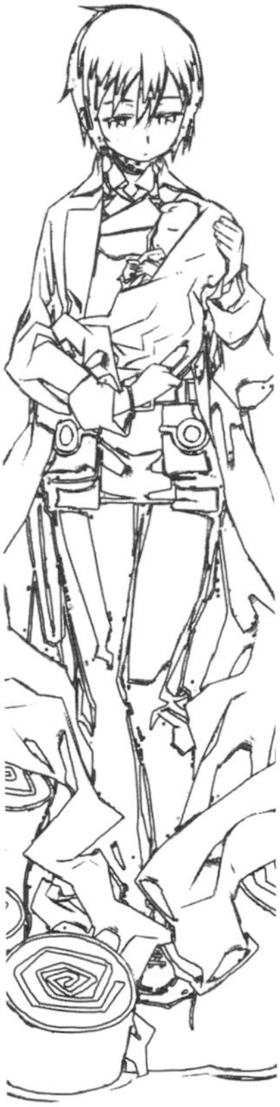

「戰鬥者的故事」

—Reasonable—

有時候讓人感到討厭的二年級學弟，再填裝子彈。

然後是當成弟弟看待的年輕男子，再填裝子彈。

在不到四秒鐘的時間開了四槍，也中止四個人的慘叫聲。讓他們所有人能夠一路好走。

「暫時撤退！」

當他跳下枝幹對目瞪口呆的三個人大喊時，發現其中一人的臉部被粗的木片刺中，感覺像是變成一個很奇妙的物體。

「…………」

他丟下屍體不管，背起步槍並拍拍其中一名手部受傷的伙伴的背，再架著腳被擊中的伙伴的手臂，然後往前跑。

「站起來！快跑啊！」

三個人一面踩在卡車通過的痕跡，一面踏著地上的雜草。

不一會兒腳被打中的那個人倒了下來，繃帶還滲出鮮血。

「撐著點！沒事的！對方不會馬上追過來的！只要到達道路，跑到我們繫馬的地方就沒問題了！知道嗎？」

「好……」

他再次爬起，跟那些男人一起前進。

而眼前那個手被擊中的男子邊跑邊回頭，並鼓勵他說：

「加油！走不動的話我來背你！」

腳被擊中的男子在他滿是脂汗的臉上露出笑容：

「哼！想不到會有這麼一天，我竟然會把你的聲音聽成是天使的聲音呢！」

「混帳東西！我什麼時候變成天使的——」

這時候回頭說話的男子，就這麼當著狙擊兵，以及跟他並肩前進的伙伴面前被人刺了一刀。

從路旁跳出來的，是把短劍舉在低腰位置的男子。

對方穿著滿是血跡的衣服，明明就是昨晚已經被他們殺死的山賊。他穿著骯髒的衣服，頭上還圈著偽裝用的枝葉，臉則因為布滿血跡而顯得黑漆抹烏的。

山賊從右邊跳出來往男子的腹部猛刺，然後兩個人就這麼一起倒下去。

同時又有另一名山賊從樹叢裡跳出來。

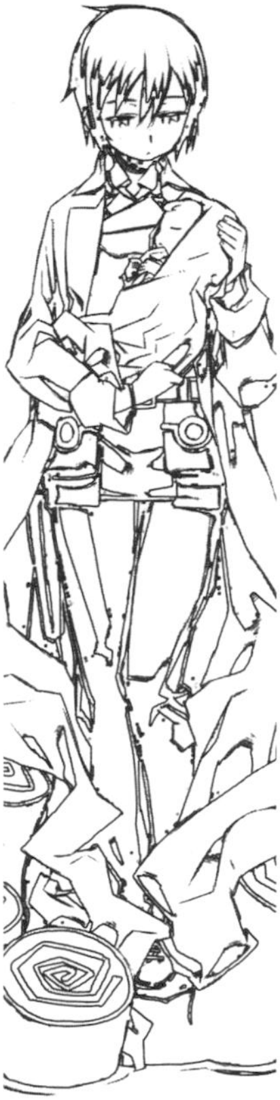

「戰鬥者的故事」
—Reasonable—

「哇啊啊啊！」

他邊喊邊舉起斧頭，然後用力往下揮。

原本在身旁的男子頭部不斷噴血，被濺得渾身是血的狙擊兵把背後的步槍拉到前面瞄準山賊。

「唔！」

就在他扣下扳機的時候，身體竟然仰向天空，射出的子彈把枝幹打了個洞。

從後面扣住他脖子的第三名山賊大喊著：

「去死吧！」

這時候出現了一股力道，只不過那並非足以在一瞬間扭斷脖子的腕力，而是狙擊兵的左手往山賊的鼻子揮了一拳。

「呀！」

「喝呀！」

狙擊兵趁山賊力氣鬆懈之際給他一記過肩摔。

「唔呀！」

這有趣的招術不僅奏效，這名從他背後摔在地面的山賊還發出怪叫。

「……呼！」

狙擊兵邊吸氣邊抬頭看，這時某個物體一路橫飛進他的眼簾——他看到一把滿是血跡的利斧。

那一擊雖然讓狙擊兵當場斃命，但是三名假冒成山賊的隨從們還是一面大喊大叫，一面對屍體亂打一通，打到連頭部都已經不成人形了還在繼續打。

把胃裡的東西吐了好幾次之後，渾身是血的三個人才回到滿是屍體的碉堡遺蹟。

當醫生以真面目和下半身只穿一條四角褲的打扮出現時，伙伴們開心地向他跑過去，並且跟他報告所有人都平安無事，還把逃走的人全都殲滅了。

「表現得太好了……」

模樣真的不太好看的醫生，淚流滿面地稱讚那三個人。

三個人把沾滿血跡的衣服脫掉，一樣只穿一條內褲，然後在冰冷的水面滾來滾去。那些沾在臉

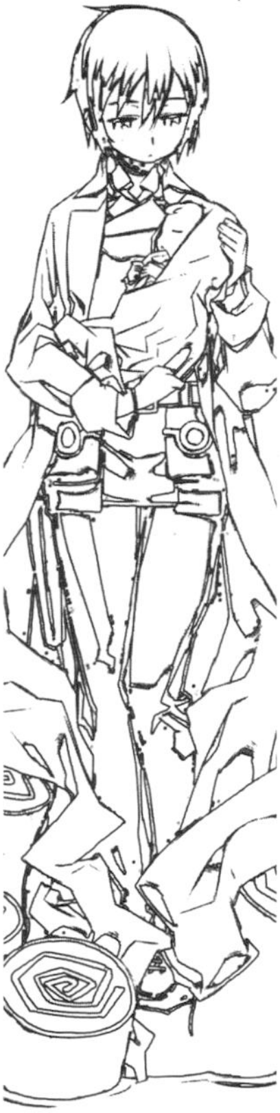

「戰鬥者的故事」
—Reasonable—

上的山賊與前禁衛軍的血，就這麼溶在水裡。

清洗乾淨之後的三人，開始詢問嬰兒的狀況。

「她沒事喲，事前有塞上耳塞，所以耳膜沒有異狀。其他人也都平安無事，而且正在跟奇諾收拾屍體呢。啊啊……一切都照奇諾的作戰計劃進行，不過最拚的還是你們，多虧有你們自告奮勇，也幹得非常漂亮，你們把我辦不到的事情處理得很好，這算是你們戰鬥的勝利！我已經準備好酒了，讓我們一起舉杯慶祝吧。為公主殿下的未來乾杯！」

下午三、四點，藍天的顏色變得越來越深。

而十個人及一輛摩托車，還有一輛卡車正停在倒映著如此天空的道路上。

那裡是遺蹟中央的建築物前面。

當作替身而被丟出來的山賊遺體已經被挪開，當時穿在他們身上的衣服也已經洗乾淨，全掛起來晾在卡車的車篷上。

至於那十二名士兵及另一名伙伴的屍體，則是照奇諾的指示運到森林裡，然後用枝葉把他們覆蓋起來。

而士兵們所攜帶的物品之中，還能使用的——像是步槍及手榴彈，彈藥及攜帶糧食等等，全都統一堆在卡車的載貨台上。

七名男子全裸露著上半身，只穿一條內褲而已。有人把毛巾圍在腰際，也有人掛在肩膀上。

眾人圍著用主腳架撐起來的漢密斯，而它後方的載貨架上則放了一塊木板充當成桌子。

「想不到我會遭到這種對待！」

背著嬰兒的女子，分別在桌上的八個馬克杯裡倒進新開酒瓶裡的紅色液體。

雖然一瓶酒的容量不夠分成八杯，但眾人還是開心地舉起馬克杯。至於剩下的那一杯，則是獻給在天國的伙伴。

在圍起來的人牆裡，只有奇諾是拿著裝有自己泡的茶的馬克杯。

「各位——你們表現得太好了，這是一場漂亮的戰鬥。」

醫生開口說道。

「雖然過程很辛苦，也很讓人害怕。不僅讓我們失去了一名無可取代的伙伴，還讓我們跟過去在

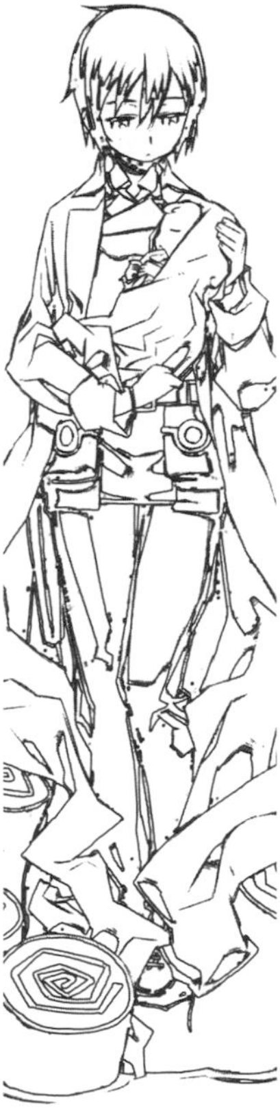

同一個地點開心工作的十二名伙伴正式分別。儘管如此，為了讓這孩子得到幸福，我們還是願意挺身而戰！隨身攜帶的這瓶酒，原本是為了等到哪天找到安身之處再享用的，因為它代表了最後的故鄉味道，然而我認為現在正是品嚐它的時候！大家應該沒有異議吧？就算有也已經來不及了。」

男子們發出笑聲，還發出「沒有異議！」「我們早就等不及了！」等聲音。

接著醫生舉起馬克杯，其他男子也舉杯，奇諾也跟著仿傚。

「為祖國的安定、這孩子的未來、我們生存的意義，以及死去的伙伴們——乾杯！」

在喊了「乾杯」之後，等不及的男子們立刻一口氣把酒灌了下去。看著他們的模樣，醫生也笑著把嘴巴湊近自己的杯子，啜了一口。

「——不要喝啊！」

在大家都喝了之後有人大叫。

但是為時已晚。

「喔？」

就在漢密斯發出小聲的訝異同時。

「喔嘎！」「嘎！」「耶嘎啊！」「耶呵！」「咕！」「喔啊啊啊！」

除了醫生以外的六名男子，幾乎在同時吐出鮮血。血就像噴泉那樣地噴出來。那群男子一面從嘴巴咕嘟咕嘟冒出鮮血，一面慢慢倒下還濺起水花。

倒下的那些人抽動一會兒之後就立刻動也不動了。他們嘴巴冒出來的血色跟那群山賊的不一樣，把水面染得一片鮮紅。

「天哪～」

漢密斯喃喃說道。

「為什、麼……」

杯子落在水裡，臉色蒼白的醫生慢慢失去力氣。他拚命往站在旁邊的女子走近兩三步，但馬上跪倒在地。

「嘎啊……」

然後像是頭先落下似地躺在地上。從醫生那躺在水面、只露出一半的嘴裡，不斷冒出些許鮮血，最後就動也不動了。

奇諾「滋滋滋」地細細啜飲她的茶，然後大大嘆了口氣。

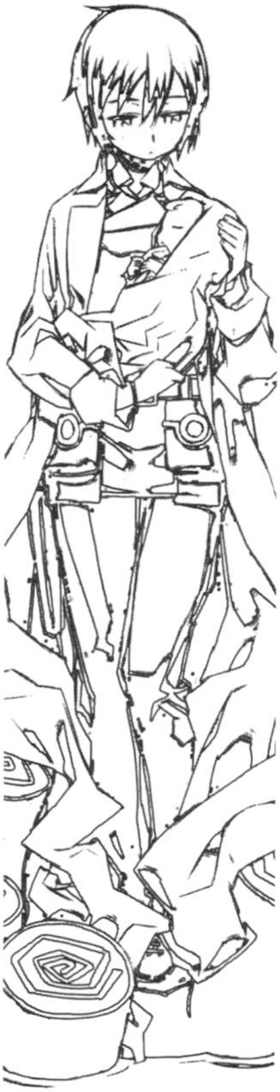

「戰鬥者的故事」
—Reasonable—

在奇諾左邊約兩公尺的地方，也就是剛剛醫生倒下的前方，還站著一個人，而且背上還背著一個人。

大約二十歲的年輕女子慢慢回頭看奇諾。

「順利成功了！」

這是奇諾頭一次聽到那名女子的聲音，看到她露出笑容。

「嗯——為什麼？」

發問的不是奇諾，而是車身到處沾了血跡的漢密斯。聽他發問的奇諾仍站著喝她的茶，腳下還有紅色的水流過。

「想知道嗎？摩托車你說什麼都想知道嗎？」

女子的聲音顯得很興高采烈，表情也笑得很開心，就像被男朋友問及祕密時會出現的喜悅言行。

「我想知道，想知道！請務必說給我聽！」

不曉得漢密斯是不是刻意配合她，他語氣開心地問道。

女子邊背著睡得香甜的嬰兒邊說：

「那我就告訴你吧！不過在那之前，有件事我想先跟奇諾聲明一下，可以嗎？」
「可以喲——」
「那麼——」
女子把視線移到奇諾身上，然後彬彬有禮地把雙手併到前方，一開口就說：
「真的非常謝謝妳，奇諾。」
「…………」
奇諾的嘴還湊在茶杯上，她只是稍微眨一下眼代替回答。
「託妳的福才能擊退那些禁衛軍，真的很感謝妳。我以母親的身分，替這孩子再次向妳道謝。」
「…………不客氣。」
奇諾這次拿開茶杯，只回答這麼一句話。
「那麼我要說了。」
女子把視線從奇諾轉移到漢密斯身上，奇諾則在一旁聆聽那女子輕聲細語對漢密斯說的話。

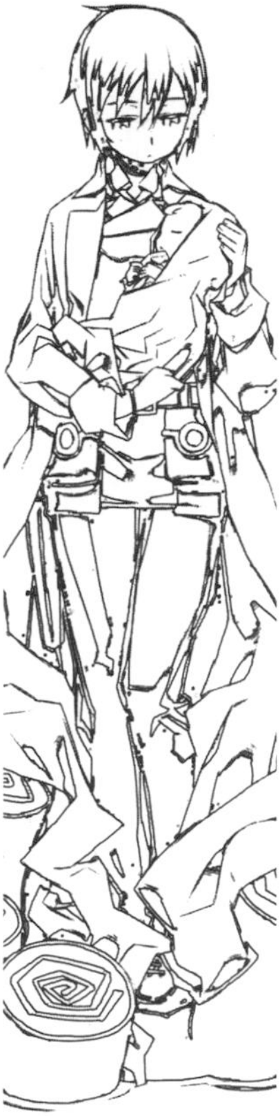
「戰鬥者的故事」
—Reasonable—

「其實我，是這孩子的親生母親，這孩子是我生的。而她的父親也的的確確是在革命中遭到殺害的國王陛下。」

「這真讓人大吃一驚呢。」

「很吃驚吧！我也非常訝異呢，因為我本來只是王宮的洗衣婦喲，而且還是所有侍女之中地位最最卑微的。事情發生在兩年前。」

「然後呢？然後呢？」

「當時我偶然遇到國王陛下——然後令人無法相信的是，國王陛下竟然愛上我！他說我很可愛，因此深深愛上了我！我真的好開心！當然國王陛下擁有許多嬪妃，也有許多孩子。可是，他卻對一無是處的我一見鍾情！」

「結果，妳就有了那個孩子。」

「沒錯！不過事情很快就暴露了，王宮真的是可怕的蛇窩呢。那些希望拱自己孩子當王位繼承人的後宮嬪妃，派出禁衛軍對我做出各種威脅。說什麼『一旦生下那孩子會有不好的事情發生』、『趁現在還來得及』等等……」

「天哪～」

「但是我說什麼都想把她生下來，所以我跟在王宮認識的親切御醫商量，請他寫下『我流產了』

的假冒診斷書，然後就離開了王宮。」
「妳說的御醫，就是那個人？」
漢密斯問道。
「就是那個人喲。」
女子頭也不回地馬上回答。
「然後我就回到位於國家郊區的故鄉。我騙我母親說原本發誓要跟我結婚的戀人意外身亡，啊～母親大人，請原諒我對妳說謊！不過，這卻是最好的方法喲。我母親非常期待這個孫子的誕生，後來我也平安將她產下，這是半年前不久的事情。」
女子轉頭望著在背後沉睡的嬰兒。她開心地瞇著眼，還用左手手指撫摸她的臉頰。
「然後呢？」
漢密斯問道。奇諾拿著喝完茶水的空茶杯聽女子把話繼續說下去。
「後來就開始了名為『革命』的殺戮。溫柔的國王陛下、那些可恨的後宮嬪妃、那些王子公主，

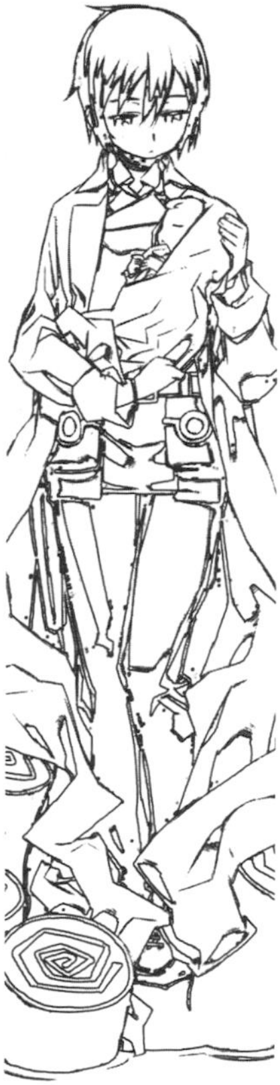

「戰鬥者的故事」
—Reasonable—

全都被殺了。他們的首級還用車子載到我故鄉的村落呢，真的很殘酷吧。後來過了一段時間——那位御醫來到我居住的村子，還跟過去曾跟我共事的王室隨從一起來。」

「是那群人嗎？」

「就是那群人喲。」

女子看著漢密斯答道，那些半裸的男子還躺在她身後。可能已經停止出血的關係，水又恢復原來的清流了。天空就倒映在屍體之間的水面上。

「醫生跟我說：『妳女兒被人追殺，妳也有性命危險。』之前那些想殺我的前禁衛軍餘黨，已經打探到我生了國王的孩子一事。所以這次——」

「要來搶走『公主殿下』。」

「沒錯！真的很過分吧。說什麼這孩子繼承了王室唯一的血統，所以要把她從我這兒搶去，讓她繼承王位！」

「所以妳就逃了出來。」

「沒錯，我真的很不想那麼做。我不僅沒跟我媽媽說實話，甚至還被迫拋棄故鄉村落，離開我的國家。旅行者不就等於流浪者嗎？我說什麼都不要過那種生活！啊，奇諾對不起。那只是『我』個人的喜惡喲，對不起。」

被女子注視的奇諾輕輕揮著手，就好像在說「我沒放在心上」。
「逼不得已，我只好跟那群人一起逃跑。我們輾轉逃到各個國家，總以為應該是沒事了，可是沒多久又得到追兵逼近的情報，只好又慌慌張張地逃離那個國家，這樣的情況一直週而復始地重覆。我真的是受夠了！」
「不過也已經結束了啦。」
「沒錯！已經結束了喲！那種生活已經結束了！我不會再被那些士兵追殺，也不用過著逃亡的生活了！」
「那麼，妳打算接下來怎麼做呢？」
「謝謝你的關心，摩托車。你好溫柔哦。」
「沒有啦——妳打算怎麼做？」
女子對著漢密斯豎起右手食指並眨著右眼說：
「我已經做好練習了！」

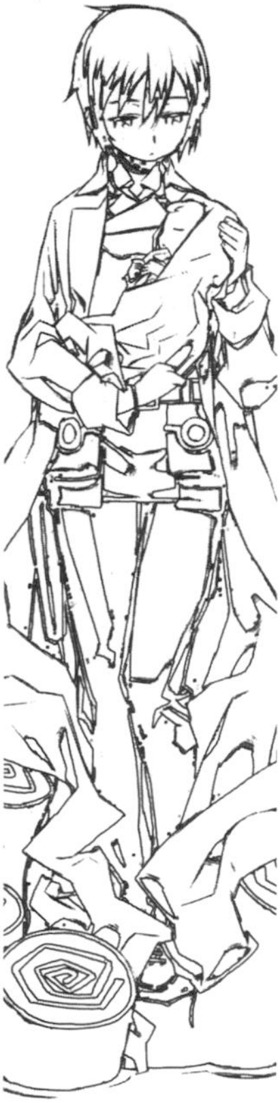

「戰鬥者的故事」
—Reasonable—

「什麼？什麼練習？」

「就是駕駛卡車的方法！我還被誇獎過技術很好呢！」

「對喔～妳不一定要在這裡生活呢。」

「那當然，否則我怎麼會毒死所有人呢！或許我的腦筋不是很好，但也不算太笨哦！」

「我知道了——那麼，很抱歉一直重覆同樣的問題，妳打算接下來怎麼做呢？」

「當然是回我的祖國！」

聽到她這句話，漢密斯發出疑問的聲音，奇諾則不發一語，感到不解地歪著頭。

「什麼？」「…………」

「大姊姊妳剛剛說什麼？」

「我說『要回去祖國』。」

「為什麼？」

「什麼『為什麼』……現在祖國不是正在吵要不要再立國王這件事嗎？」

「可是回去那種地方的話——」

女子打斷漢密斯的話說：

「沒錯！我女兒就會變成女王喲！」

奇諾慢慢走近漢密斯，把空杯放在桌上。

然後拿起唯一還裝有酒的那個馬克杯，她伸直手臂把裡面的液體往下倒。紅色液體立刻溶於水中，然後消失。

奇諾開口說：

「那就是妳真正的目的嗎？」

「當然囉，當我聽到醫生說那些事情的時候，我立刻就有這種想法了。一旦這孩子變成女王陛下，那我就能以她母親的身分過著優雅又幸福的生活。可是我才不要把孩子交給禁衛軍，讓他們為所欲為呢。那些人想要的是這個孩子，至於我對他們來說什麼都不是。所以我打算在醫生他們的保護下逃亡，直到禁衛軍死心為止，然後再回去祖國。想不到多虧奇諾的幫忙，讓我能夠提早實現那個願望，我真的開心得不得了呢！」

「可是醫生說她『壽命只剩三年』……」

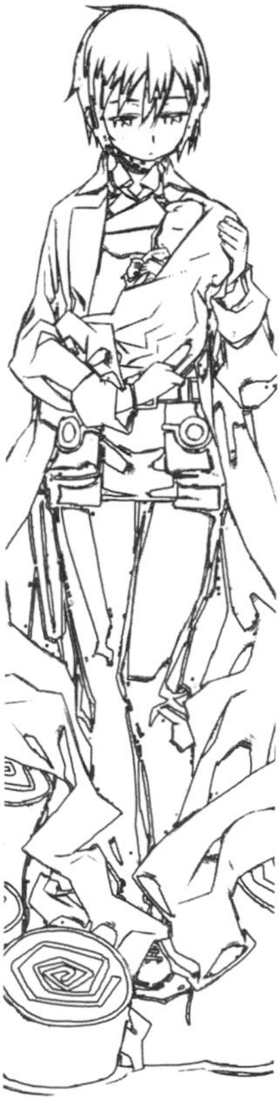

「戰鬥者的故事」
—Reasonable—

「那當然不是真的囉！是醫生為了鼓動那些隨從跟著行動而說的謊喲。他好像是說服他們說：『最長只要三年就能結束逃亡的生活，屆時大家就能回到故鄉去。』因為醫生跟那些隨從都有家人在——不過我沒想到這種說明會讓他們這麼簡單就上當呢。過於焦急而沒有聽奇諾說的話的，是醫生他自己。不過只要事情能結束就皆大歡喜了，對吧！」

「原來如此啊～難怪俗話說『美術勝過關節』呢，對吧奇諾！」

漢密斯笑嘻嘻地說道，不過奇諾還是沉默不語。

「對我來說，我打算先在某個國家安定下來，等那群隨從也不在我身邊了——再好好撫養這孩子，然後再回到祖國正式宣布她有王室的血統，這算是相當長遠的計劃呢。」

「嗯！嗯！」

「不過，只要他們全不在了，那我就沒必要苦等下去！所以我才要了他們的命，我是用醫生帶出來的藥哦。雖然我說了好幾次，不過事情能夠這麼順利，全都是託奇諾妳的福呢！真的很謝謝妳！」

女子再次向奇諾道謝，但又立刻說：

「啊，我也真是的，還沒有跟妳講謝禮的事呢！奇諾妳為我打了一場這麼漂亮的仗，我說什麼都想送一份謝禮給妳！這輛卡車我會把它開走，不過奇諾妳想要的東西是什麼呢？不過那也要看我身上有多少資金才行，雖然無法把它全部交給妳，但我會盡量滿足妳的，我實在無法壓抑想答謝妳的心情呢！對了對了，那群隨從有帶一些寶石哦！聽說他們離開國家的時候把自己家裡的金銀財寶都帶出來了呢！因為那是要用在我們母女倆身上的，所以我把它挪來使用應該沒關係吧！」

漢密斯稍微壓低語調，詢問那名開心的女子說：

「妳講那種話妥當嗎？搞不好奇諾會把大姊姊妳殺死，並把所有東西帶走喲？」

「哎呀？奇諾才不會做那種事呢！」

女子面帶笑容並斬釘截鐵地說道。

「這話怎麼說？」

「因為會做那種事情的人，是不可能豁出性命『為嬰兒』戰鬥的！不可能有那種道理的，因為我是女人，所以我懂。奇諾她雖然敢用非常殘酷的方法戰鬥，但她其實是個好人喲！」

「人家都那麼說了，妳要怎麼辦呢，奇諾？」

漢密斯隔了好久才跟奇諾說話。

「這個嘛……我……今天……已經不想再殺任何人了……」

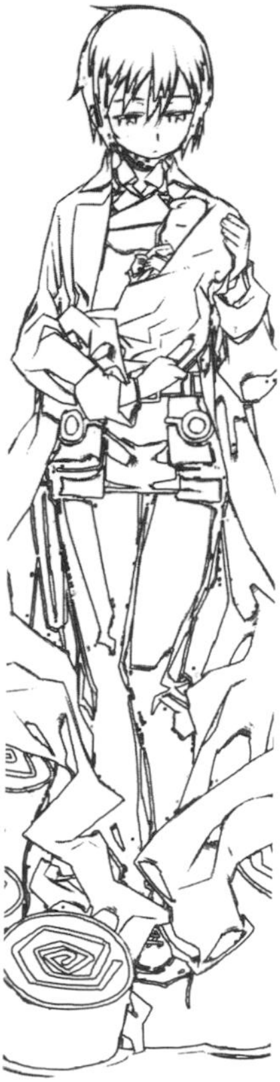

「戰鬥者的故事」
—Reasonable—

奇諾結結巴巴地說道。

「我就知道！奇諾妳的確很溫柔呢！」

「妳錯了。」

奇諾立刻否定女子的話。

同時——

在奇諾的視線所及之處，有一名男子就站在女子的正後方。

他全身滴著水，上半身全裸，身上的肌肉正繃緊著——

露出惡鬼般表情的男子站著。

他粗壯的雙手抓住女子嬌小的頭部。

「咦？」

女子只說出這個字眼，接著就是一連串的骨頭折斷聲。

瞪大眼睛的女子頭部，朝著人類不可能轉的方向死去。

「……拜、託了……」

男子……醫生只說完那句話就再度躺在水裡。奇諾迅速衝上前，接住快要倒下的女子屍體。

「…………」

就在那個時候，她看著在屍體背後沉睡的女嬰。

奇諾拆開背嬰兒的布巾，把嬰兒抱起來。纖細的女子屍體倒在水裡，頭髮不僅蓋住她的臉，也遮住她瞪大的眼睛。

奇諾把嬰兒放在漢密斯的載貨架上。

「這不是嬰兒床耶。」

奇諾在第一時間並沒有理會漢密斯的牢騷。然後看著繼續睡得很甜的嬰兒：

「她都沒有哭耶，可能覺得躺在漢密斯身上很舒服吧。」

「這個嘛，我是無所謂啦。」

就在漢密斯這麼說的時候——

「哇啊啊啊啊啊！」

男子哭了出來。

醫生蹲在水裡，並且抱膝嚎啕大哭。

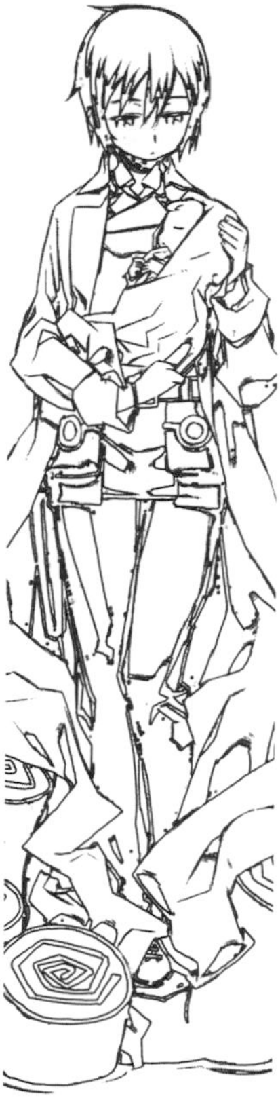

「戰鬥者的故事」
—Reasonable—

「哇啊啊！哇啊啊啊啊啊啊啊啊！」

一個年過五十歲的男人像個孩子般哭泣。

嘴巴滴著血的男子繼續哭泣。

當男人停止慟哭的時候，暮色也開始布滿天空。

白雲在淡橘色的天空裡飄著。奇諾抬頭看著天空，再低頭看看腳下，那裡有相同的景色。

唯一不同的是，水面映照著許多屍體。

「奇諾……我有一事相求……」

醫生低著頭用微弱的語氣說道。

「請妳殺了我……請妳殺了我……」

奇諾略微生氣地回答他：

「你沒聽到我剛才說的話嗎？」

然後又問：

「你會開卡車吧？」

*　*　*

爺爺他臨死前曾跟我說：

「人生就像一場戰爭。」

「千萬不要害怕戰鬥。」

可是有關我們出生的國家，還有我母親的事情——

他到最後都沒有告訴我。說那並不重要，知道了也沒有用。

不過，當我問他為什麼我會取名叫做「奇諾」，他倒是跟我說了呢。

這個「奇諾」是一位旅行者的名字。是爺爺抱著襁褓中的我四處流浪的時候，保護我們倆並勇敢戰鬥的旅行者的名字。

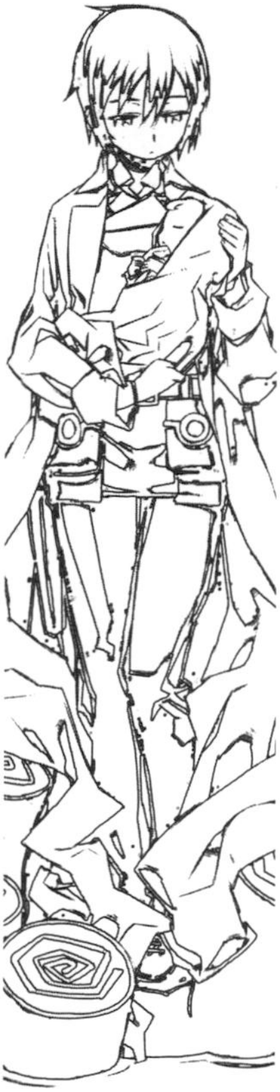

「戰鬥者的故事」
—Reasonable—

我只知道她是「騎著摩托車，而且非常溫柔非常厲害的旅行者」，至於其他細節就不知道了。因為爺爺對「奇諾」的描述就只有如此而已。

奇諾她擊退攻擊我們的人們，保護我們，為了我們而戰鬥。

「我們兩個現在能像這樣平安無事地活著，全都是託奇諾的福喲。」

爺爺在臨死前是這麼跟我說的。

不知道那位旅行者如今在什麼地方做些什麼？

還繼續旅行嗎？

還在為某人戰鬥嗎？

或者——

尾聲

「相機之國・a」

—*Picturesque・a*—

尾聲「相機之國・a」
—Picturesque・a—

奇諾與漢密斯入境的是完全沒有發展科技，過著傳統樸素生活的國家。

在石砌的城牆裡，國民幾百年來都沒有改變，一直過著自給自足的生活。

他們身上穿的全都是麻或絲等自然纖維製的衣服，吃的是無農藥的穀物及蔬菜。他們持續悠哉過著對其他國家來說或許是奢華的生活。

他們對於奇諾與漢密斯這兩位睽違許久的訪客（車），表示歡迎之至。而受邀吃飯的奇諾更是對料理的美味感到佩服不已，因此每餐都把菜掃光光。

結束悠哉的三天停留期，就在奇諾與漢密斯在全體居民的歡送中準備出發的當天早上——

「奇諾及漢密斯你們好，不介意的話是否願意一起來？」

其中一位居民邊這麼說，邊拿著一台相機走過來。

那是一台可更換鏡頭的黑色單眼相機，使用的底片是其他國家常見，裝在金屬容器裡的三十五釐米那一種。

裝有標準的五十釐米廣角手動對焦鏡頭，還有一條布製肩背帶可掛在脖子上。

雖然外觀上到處都有小擦傷，但是沒有任何破損或零件缺損，算是還能充分使用的相機。

「……？」

奇諾不解地歪著頭。在確認其他國民都不覺得有什麼特別之處後，漢密斯問道：

「這玩意兒很不錯耶，哪兒來的啊？」

「這個啊——」

居民開始述說整個來龍去脈。

那已經是十幾年前的事了，當時有一位旅行者來到這個國家，是一名二十多歲的男子，但是在旅途中受了傷，加上他本來就有病在身，因此已經到了病重的狀態。

雖然居民們盡全力照料，可惜他隔沒幾天就撐不下去了，臨終前他說：

「這是我非常珍惜的寶貝……為了答謝各位對我的照顧……我把它送給你們……謝謝你們……」

他一面感謝一面交給居民們的，就是那台機器。

「相機之國・a」
—Picturesque・a—

「它現在是我國的寶物。我們輪流管理、保管——名字就叫做『已經沒底片了』。」
「什麼?」
「那是相機的名字?」
奇諾跟漢密斯非常訝異。
「是的,他臨終前是那麼說的。」
「……啊啊,原來如此。」
「嗯——原來是那樣啊。那你們是怎麼使用它的呢?」
「是的。剛開始我們並不清楚,後來集合眾人的智慧才好不容易明白了,首先把這個圓圓的東西對準某個人,然後拿著這個機器的人就會從這個小小的視窗裡看到像圖片一樣的畫面,接著再轉這個圓筒,畫面就會變清楚了,真是令人驚奇的構造呢!」
「原來如此。」「然後呢?」
「把位於右端的桿子往右邊扳動,再放開它就會彈回來,再把旁邊的突出物往下按就可以了。準備好了嗎?」
「準備好了喲!」「OK!」
得到回應的居民眨起左眼,邊用右眼透過取景窗看奇諾跟漢密斯,邊按下快門。

卡嚓！

清脆的金屬聲響起。

「剛剛按下突出物的時候，我無法看見旅行者你們哦。不過那一瞬間——」

居民開心地說道。

「我卻能把旅行者你們的影像留在腦海裡，非常謝謝你們。」

「？」「什麼？」

「其實這個啊，是能夠把看見的畫面傳進腦裡的裝置。它會把旅行者你們的畫面，從右眼變成清晰的記憶牢牢映在腦裡，所以我常常靠它留下許多美麗的回憶呢，而影像就是因為這樣才會瞬間消失的。」

「啊啊……原來如此。」

奇諾話一說完，居民緊接著說：

「對了，可否請奇諾跟漢密斯對我們所有人使用這台機器，讓你們留下回憶呢？」

「相機之國・a」
—Picturesque・a—

奇諾笑著點頭說：

「可以喲，大家也一起來怎麼樣？」

於是——

Kadokawa Light Novels

莉莉亞＆特雷茲 Ⅰ～Ⅵ完

Kadokawa Fantastic Novels

作者：時雨沢 惠一　插畫：黑星紅白

個性倔強的平民公主與隱藏身分的窩囊王子
一段被人玩弄於鼓掌之中的旅程!?

伊庫司王國「不存在的王子」特雷茲雖然從小就認識莉莉亞，可是遲遲不敢對她說出自己的身分以及內心思慕。雖然有一次又一次的機會，可是也有一次又一次的干擾讓他無法開口。就在他猶豫不決之時，一名知道他的身分、意圖有所行動的人接近了……

各 **NT$180~200/HK$50~55**

台湾角川

國家圖書館出版品預行編目資料

奇諾の旅：the Beautiful World／時雨沢惠一作；
黑星紅白插畫；莊湘萍譯. -- 初版.-- 臺北市：
臺灣國際角川, 2008.06-
冊； 公分. -- (Kadokawa fantastic novels)
譯自：キノの旅：the Beautiful World
ISBN 978-986-174-642-5(第11冊：平裝)

861.57　　97004532

Kadokawa
Fantastic
Novels

奇諾の旅 XI
—the Beautiful World—

（原著名：キノの旅XI—the Beautiful World—）

2008年6月14日 初版第1刷發行
2023年5月10日 初版第4刷發行

作　者：時雨沢惠一
插　畫：黑星紅白
日版設計：鎌部善彥
譯　者：莊湘萍

發行人：岩崎剛人
總編輯：蔡佩芬
編　輯：黎夢萍
美術設計：宋芳茹
印　務：李明修（主任）、張加恩（主任）、張凱棋

發行所：台灣角川股份有限公司
地　址：104台北市中山區松江路223號3樓
電　話：（02）2515-3000
傳　真：（02）2515-0033
網　址：www.kadokawa.com.tw
劃撥帳戶：台灣角川股份有限公司
劃撥帳號：19487412
法律顧問：有澤法律事務所
製　版：巨茂科技印刷有限公司
ISBN：978-986-174-642-5